KB272235

나의별

나의별

나의별

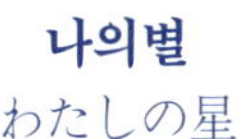

わたしの星

시바 유키오
柴幸男

이홍이 옮김
Nyhavn 그래픽

〈나의별〉 한국 공연은 2026년 5월 2일부터 7월 5일까지
대학로 스카이씨어터에서 초연된다.
초연의 창작진 및 출연 배우는 다음과 같다.

작 시바 유키오

연출 변영진

총괄 프로듀서 최종혁

크리에이티브 프로듀서 오세혁

책임 프로듀서 길유림

제작PD 유혜림

번역 이홍이

안무 김진

무대 이승희

조명 신동선

음악 공한식

조연출 강채연

음향 김미승

기획 조윤경 정다빈

아트디렉터 이여원

디자인 고가은 황은원

무대감독 송가영

컴퍼니 매니저 이영민

콘텐츠 김진아

주최 네버엔딩플레이

제작 MUSEat

캐스트

아카네	배보람, 김보정
메구	송나영, 김계림
샤인	김이담, 윤지현, 도예준
사이토	김려은, 박세미
스피카	임찬민, 한수림
나나호	송영미, 오유민
히카리	전하영, 오현서
코코	류이재, 김유리
카논	이다혜, 이아진
마나	박지예, 서지우

★

〈나의 별〉은 특별한 작품입니다.

처음 저는 일본의 작은 섬 쇼도시마小豆島에 사는 고등학생들을 떠올리며 이 이야기를 썼습니다. 그 조그마한 섬에서 마치 미래의 젊은 세대를 엿본 듯한 느낌이 들었기 때문입니다. 젊은 층의 인구 감소는 일본뿐만 아니리 전 세계기 직면한 문제이지요. 지구 전체가 언젠가 이 섬처럼 되지 않을까? 하지만 먼 미래의 젊은이들도 분명 지금의 또는 예전의 젊은이들이 그랬던 것처럼 하루하루를 고민하며 최선을 다해 살아가겠지? 그런 상상을 하며 그들에게 책임감 같은 감정이 생겨 이야기를 써 내려갔습니다.

지금까지 〈나의 별〉은 도쿄, 오사카, 그리고 대만에서

각 지역의 고등학생들을 만나 무대화 과정을 거쳤고, 그러는 동안 그들의 '살아 있는 언어'가 축적되고 숙성되었습니다. 그 언어들이 이제 출판이라는 형태로 바다를 건너 한국에서 독자 여러분께 닿을 수 있게 되어 진심으로 기쁘고 행복합니다.

희곡은 읽는 데에 약간의 기술이 필요한 문학입니다. 하지만 방법만 알면 굉장히 신나는 독서를 할 수 있습니다. 가능하다면 여러 분이 함께 모여 소리 내어 읽어 주시기 바랍니다. 어른 독자들은 언젠가 어린 시절의 나로 돌아가는 마음으로, 젊은 독자들은 미래의 젊은 세대를 상상하며 페이지를 넘겨 주셨으면 좋겠습니다.

이 작품이 초연된 이후 시간이 흘렀고, 저는 조금 더 나이를 먹었습니다. 그렇기 때문에 더욱 이 작품은 미래를 살아갈 젊은 세대가 공연해 주기를 바랍니다.

혹시 희곡을 읽고 연극으로 만들고 싶은 마음이 드셨다면 자유롭고 즐겁게 여러분만의 〈나의별〉을 만들어주시기 바랍니다. 지금까지 수많은 분이 이 희곡에 힘을 보태주셨고, 아낌없이 사랑해 주셨습니다. 고등학생 연극으로도 여러 차례 무대에 올랐습니다. 지금까지 얼마나

많은 '입학생'과 '졸업생'이 있었는지 모릅니다. 출판을 통해 한국이라는 새로운 장소에서 어떤 '입학생'들이 탄생할지, 저는 지금 그것이 너무나 기대됩니다.

이 작품이 훗날 우리 행성의 젊은 세대에게 보내는 응원이 되기를 바랍니다.

2026년 5월
홋카이도에서 시바 유키오

일러두기

- 이 희곡은 고등학생들이 출연하는 공연을 상상하며 썼습니다.
- 극 중 여러 명이 나누는 대화는, 희곡을 기본으로 하되, 배우들이 자유롭게 리액션을 해도 좋습니다.
- 작품에 등장하는 '축제 공연'은 연주, 춤, 랩, 노래를 자유롭게 섞어 만든 공연으로 설정했지만 반드시 악기를 연주해야 하는 것은 아닙니다.
- 모든 하단의 주는 옮긴이 주입니다.

★

등장인물

3학년

아카네 학생회장. 연극부 여학생.

메구 농가의 딸.

샤인 학교에서 유일한 남학생.

사이토 새로운 행성의 대학을 지망하는 여학생.

2학년

스피카 새로운 행성으로 전학 갈 여학생.

나나호 새로운 행성으로 전학 갈 학생의 단짝 친구.

1학년

코코 숙제 안 한 여학생.

카논 몰래 샤인을 좋아하는 여학생.

마나 새로운 행성에 갈 수 없었던 여학생.

☆

히카리 새로운 행성 출신의 여학생.

0
~

여름.

매미 소리가 들린다.

밖은 푸른 숲과 하늘로 가득하다. 커다란 구름도 보인다.

작은 마을에 있는 고등학교 음악실.

등퇴장 통로는 무대의 왼쪽과 오른쪽에 하나씩 있다.

이 마을 끝에는 공항이 있고, 학교 창문에서도 공항이 보인다.

초록빛이 도는 논밭 너머로 로켓이 우뚝 서 있다.

마을에는 셔틀 로켓 공항이 있다.

로켓은 새로운 행성으로 이주하는 사람들을 태운다.

로켓이 발사되면 굉음이 나고, 오래된 학교 건물은 흔들린다.

그리고 뜨거운 열기가 마을을 덮친다.

음악실에는 아무도 없다.

짝이 맞지 않는 책상과 의자가 흩어져 있다.

피아노, 카세트라디오, 스피커, 키보드, 기타, 베이스, 앰프, 메트로놈 등이 있다.

★★
1
〜

교복을 입은 여학생 한 명이 문을 열고 음악실 안으로 들어온다.

나나호　….

나나호, 아무도 없는 음악실을 본다.

나나호　….

나나호, 가방을 책상 위에 놓고, 카세트테이프를 꺼낸다.
음악실에 놓여 있던 카세트라디오 쪽으로 간다.
이 별의 문명은 조금 낡았고, 애틋하다.
어느 틈에 카세트테이프의 재생 버튼을 눌렀는지, 잡음이 들린다.

조명이 바뀌고, 여학생들의 장난기 어린 목소리가 들려
온다.

2

아카네, 메구, 사이토, 샤인, 마나, 카논, 코코, 등장한다.
경쾌한 발걸음이다.
그들은 각자 악기를 준비하거나 카세트라디오 앞에 가
선다.
소란스럽게 떠들며 녹음 준비를 하는 듯하다.

아카네   그럼, 내가 시-작하면 시작하는 거야,

모두   (우렁차게 대답한다)

아카네   그럼, 한다, 시시시-작,

메구   이거 녹음되는 거 맞아? (라디오를 보고) 아!

아카네   야, 녹음 눌렀는데,

샤인   아, 연기! 연기!

마나   진짜다! 이제 로켓 뜰 건 가봐!

모두   큰일 났다! 큰일 났다!

아카네   이러다 로켓 뜨겠네, 한다, 시-작,

메구   꺄-

마나   꺄-

코코   꺄-

아카네   아니, 소리는 왜 질러!

샤인   좋-다!

모두   뭐래. / 뭐야. / 왜 저래.

사이토   빨리 좀 시작하지,

메구   어우 무서워,

아카네   자, 한다-, 시-작, 하면 하는 거야, 자, 시-작,

★★

3

~

스피카   늦어서 죄송합니다!

스피카, 가방을 들고 뛰어 들어온다.

아카네   스피카!

모두, 스피카 이름을 부른다.

메구   지각이야!
스피카   죄송합니다!
아카네   지금 녹음하니까, 얼른 와!
스피카   네,
메구   너 빼고 하려고 했어,
스피카   아아, 너무해,
메구   뭐가 너무해,
스피카   나나호, 안녕,
나나호   스피카,
스피카   미안, 저, 준비됐어요,
아카네   자, 그럼, 시-작!

피아노의 시보 소리에 맞춰 음악이 흐른다.
그들의 연주를 미리 녹음해둔 것일지도.

아카네, 메구, 사이토, 샤인, 마나, 카논, 코코, 퇴장한다.
녹음된 소리만 남는다.

나나호　　….

나나호, 소리에 맞춰 춤춘다.

나나호　　….

★★

4

~

모두가 사라진 곳에, 가방을 든 스피카만 남아 있다.
스피카는 나나호가 춤추는 모습을 지켜본다.

스피카　　안녕,

나나호　　(깜짝 놀라서) 안녕, 어? 언제부터 있었어?
　　　　　(춤을 멈추고)

스피카　　뭐 어때, 계속 해,

나나호　　난 춤 못 추잖아,

스피카   못 하니까 연습하는 거잖아,

나나호   그렇긴 한데,

스피카, 가방을 놓고 춤을 추기 시작한다.

스피카   자자, 연습하자, 연습,

나나호, 같이 춤춘다.

두 사람, 춤을 추면서 대화한다.

나나호   스피카,

스피카   왜,

나나호   아카네 선배가 착해서 싫은 소리 잘 못 하는데,
          너 그러지 마.

스피카   뭐가?

나나호   연습, 축제 이제 2주밖에 안 남았어.

스피카   그래서 연습하잖아.

나나호   맨날 지각하잖아, 저번에는 말도 없이 빠지고,

스피카   그래서 일찍 왔잖아,

나나호   오늘 하루?

스피카　　나나호, 그건 우리가 학교를 따로 와서 그런
　　　　　거야,

나나호　　어?

스피카　　전에는 맨날 같이 다녔는데,

나나호　　….

스피카　　어? 그거, 아니지 않아?

나나호　　응?

스피카　　안무, 이거 아니야?

나나호　　응? 뭐가?

스피카　　웃겨, 큭큭큭,

나나호　　웃지 마,

스피카　　미안미안, 큭큭큭,

나나호　　웃지 말라니까,

스피카와 나나호, 이어서 계속 춤춘다.

스피카　　나,

나나호　　응,

스피카　　전학 가,

나나호, 멈춘다.
스피카, 계속 춤춘다.

나나호 …어?

스피카 전학 간다고,

나나호 어? 그게 무슨 말이야?!

스피카 그래서 2학기부터는 나 없을 거야,

나나호 야, 진짜?!

스피카 진짜야, 그래서 축제 공연도 못 나가, 미안해,

나나호 아니, 잠깐, 잠깐만, 전학 가는 거면, 너 이사
가?

스피카 응,

나나호 언제?

스피카 내일,

나나호 뭐?!! 내일이라니, 그렇게 갑자기?!

스피카 그러게,

나나호 말도 안 돼! 어디로?

스피카 어디긴, 뻔하지,

나나호 …화성?

스피카 응, 화성,

나나호   그런데, 그러면, 로켓은? 예약했어?

스피카   응, 티켓 볼래?

나나호   그럼, 축제는? 우리 공연은?

스피카   못 나간다니까,

나나호   세상에,

스피카   정말, 너무, 미안해,

나나호   미안해로 끝날 문제가 아니야!

스피카   정말, 너무, 쏘리.

나나호   쏘리로 끝낼 문제가 아니라고! 다들 알아?

스피카   다들?

나나호   선배들이나 학교 애들,

스피카   모르지,

나나호   어?

스피카   그래서, 네가 말해줬으면 좋겠어,

나나호   어?

스피카   그럼, 난 가 봐야 해서,

나나호   잠깐만! 어디 가?!

스피카   교무실,

나나호   스피카! 잠깐, 잠깐만!

나나호, 라디오를 끈다.

나나호　　잠깐만!

스피카, 멈춰 선다.

나나호　　이유가 뭐야?

스피카　　어?

나나호　　왜 말 안 했어?

스피카　　지금 했잖아,

나나호　　더 빨리 말했어야지!

스피카　　빨리 언제?

나나호　　언제든, 말할 수 있었잖아,

스피카　　…언제든 말할 수 있을 줄 알았어, 언젠가 꼭 말해야지, 오늘은 꼭 해야지, 그런데 계속 말이 안 나왔어,

나나호　　…,

스피카　　그럼, 언니들이랑 애들한테 얘기 잘 해줘,

나나호　　야,

스피카　　안녕,

나나호　　잠깐, 잠깐만,

스피카, 음악실을 나간다.

★★
5
~

나나호, 넋이 나갔다.

나나호　　말도 안 돼….

나나호, 멍하니 서 있다.

6
~

코코, 음악실로 들어온다.

코코   안녕하세요!

나나호   (놀라서) 아!

코코   안녕하세요!

나나호   어? 아, 안녕.

코코, 빈자리를 향해 달려간다.

코코   언니, 저 여기 써도 돼요? 되죠? 여기 좀 쓸게
         요!

나나호   어? 아, 그래,

코코   (가방에서 노트를 꺼내더니 무서운 기세로 필
         기하기 시작한다)

나나호   너 들었어?

코코   네? 뭘요?

나나호   방금, 들었어?

코코   (갑자기 얼굴을 들고) 뭘요? 무슨 일 있었어

요?

나나호　아, 아니야, 아무것도 아니야,

코코　아, 네. (다시 필기하기 시작한다)

나나호　음,

복도에서 아카네와 메구의 목소리가 들린다.

나나호　(그 소리를 듣고) 아,

★★
7
~

아카네와 메구, 아래의 대사를 주고받으며 음악실로 들
어온다.

메구　어두워야 한다니까,

아카네　그게 안 된다니까,

나나호　안녕하세요, 저기,

아카네　안녕,

메구　안녕, 야-, 암전으로 가자, 응? 나나호, 너도 암전이 좋지?

나나호　　네?

아카네　　우리 축제 공연 때,

메구　　체육관 전체가,

나나호　　아아,

메구　　깜깜했으면 좋겠지?

나나호　　네?

메구　　깜깜한 데서 조명이 팍,

아카네　　그런 조명 학교에 없다고.

메구　　그럼, 불 다 켜놓고 하자고?

아카네　　그래야 한다니까,

메구　　분위기가 안 살잖아, 우주 얘긴데,

아카네　　난데로 얼사병 설릴 일 있어?

메구　　코코, 너도 깜깜한 게 좋지-?

코코　　그쵸,

아카네　　문 다 닫으면 열사병으로 쓰러지지-?

코코　　그쵸.

메구　　창문은 열어두면 되지-?

코코　　그쵸,

아카네　　창문 열면 암막이 바람에 펄럭여서 안 되지-?

코코   그쵸,

아+메   너 누구 편이야!?

코코   그쵸!

메구   너 지금 뭐하니?

코코   네? 아무것도 안 하는데요,

메구   했잖아,

코코   아, 보지 마세요, 안 돼요!

코코, 도망친다. 아카네와 메구, 코코를 쫓아가 잡는다.

아카네   여름방학 숙제다!

코코   아, 보지 마세요!

메구   너 아직도 숙제 다 못했어?!

코코   아직 여름방학 안 끝났거든요!

메구   방학 오늘까지잖아!

코코   아직 오늘 안 끝났잖아요,

아카네   저기, 공연 연습 때문에 숙제 못 했다고 하면
         우리 입장이 곤란해지거든,

코코   죄송해요,

아카네   방학 내내 뭐하고?

코코　　　놀았어요,

메구　　　솔직하네,

코코　　　고등학교 1학년 여름은 딱 한 번 뿐이잖아요!

메구　　　쭉 여름인데? 1년 내내 여름이잖아,

코코　　　그렇긴 한데요,

★★
8
~

마나, 음악실로 들어온다.

마나　　　비상, 비상! 언니, 지금 큰일 났어요, 언니, 큰
　　　　　일 났다니까요,

아카네　　아, 마나 왔어?

마나　　　비상이에요! 비상!

아카네　　뭐가?

메구　　　뭔데뭔데?

마나　　　놀라지 마세요, 진짜로 큰일 났거든요, 이건,
　　　　　진짜,

메구　　　그러니까, 말을 하라고,

마나   코코, 너도 들어, 나나호 언니도요,

나나호   어?

코코   무슨 일인데?

아카네   왜 그러는 거야?

마나   그게요, 어? 카논은 왜 안 오지?

★★
9
～

카논, 음악실로 들어온다.

카논   안녕하세요,

아카네   어, 안녕,

마나   카논, 빨리빨리,

카논   마나야, 왜 그렇게 호들갑이야,

메구   뭔데 그래? 무슨 일이 있었는데?

마나   진짜 대사건이에요,

메구   그게 뭐냐고!

코코   뭐야, 도대체!

메구   넌 숙제나 해,

코코   아아.

카논   너 숙제 다 못했어?

마나   미친 거 아냐,

코코   시끄럽거든,

메구   뭐가 비상이냐고,

마나   그게요, 샤인 선배가,

메구   에이 뭐야, 샤인 얘기야?

마나   아니에요! 그게요, 샤인 선배가….

아카네   응.

마나   걷고 있어요.

아+메+코   …응?

아카네   (마나를 가리키며) 애 큰일 났네,

메구   샤인이도 걷긴 하겠지,

마나   아니요, 그게 아니라, 말이 잘못 나왔어요,

메구   뭘 잘못 말해?

마나   샤인 선배가, 여자랑, 걷고 있어요!

아+메+코   뭐어어어어!!!!

메구   진짜?

마나   진짜요, (카논에게) 맞지?

카논   응,

마나　　　체육관 뒤에서, 그 뒷길을,

아+메+코　꺄아아아아!!!!

마나　　　그것도, 그 여자애가 엄청 예뻐요!

아카네　아아!

마+메+아+코　웬일이야! 너무 야해!!

메구　　　얼마나 예쁜데?

마나　　　진짜 예뻐요, 꼭 인형 같아요!

메구　　　진짜?!

카논　　　아니야, 그 정도는 아니에요.

마나　　　뭐가-! 엄청 예뻤잖아.

카논　　　멀리서 보니까 그래 보인 거지,

마나　　　아닌데, 예뻤는데,

카논　　　못생겼어요,

메구　　　누구 말이 맞는 거야?

마나　　　조금 예뻤어요,

카논　　　못생겼어요,

메구　　　뭐야, 왜 이렇게 증언이 신빙성이 없어,

아카네　아무튼 샤인이 여자애랑 같이 걷고 있었다는
　　　　　건 진짜라는 거네,

마나　　　진짜예요, 잠깐 다 같이 재현해 볼까요?

메구   뭘 재현해?
마나   메구 언니는 체육관을 맡아주세요,
메구   내가 왜?

소란을 틈타 나나호, 스피카가 갔던 방향으로 나가려고
한다.

아카네   어? 나나호, 어디 가?
나나호   아, 저, 잠깐,
아카네   어?
나나호   그게, 금방 올게요!

나나호, 음악실을 나간다.

10

마나　　　…나나호 언니, 무슨 일 있어요?

아카네　　글쎄?

코코　　　아까부터 좀 이상했어요,

메구　　　설마,

마나　　　네?

메구　　　나나호랑 샤인이 사귀는 사이…였나?

메+마+코　꺄아!

카논　　　말도 안 돼, 그럴 리가 없잖아요,

마나　　　왜?

카논　　　아니, 그런 느낌이 전혀 없었잖아,

아카네　　나도 그건 아닐 거 같아,

마나　　　겉으론 티 안 내고 몰래 사귄 걸 수도 있죠,

카논　　　아니라니까,

메구　　　그런데, 방금 나나호 뭔가 결심한 것 같은 표
　　　　　정이었어,

아카네　　진짜?

마나　　　어쩌면, 지금쯤… (나나호를 연기하며) 샤인
　　　　　선배!

메구	(샤인을 연기하며) 나나호!
코코	절대 양보 못 해!
메구	응? 너는 누구야, 갑자기?
코코	새로 등장했다는 여자애요,
메구	아아,
카논	아니라니까, 그런 거,
마나	그런데 카논, 아까부터 너 좀 이상하다?
카논	뭐가?
메구	맞아.
마나	카논 이상해,
카논	내가 뭘, 평소랑 똑같은데,
마나	설마, 카논, 너 샤인 선배랑 (사귀는 거야) …?
카논	뭐라는 기야!
마나	(카논의 뒤로 가서) 샤인 선배!
메구	(샤인을 연기하며) 카논!
코코	절대 양보 못 해!
메구	넌 또 뭐냐고!
코코	새로 등장한 여자애요!
메구	알았으니까, 숙제나 해,
코코	네!

아카네　　그런데 그, 새로 등장한 여자애는 누굴까?

마나　　아,

메구　　그러게, 누구야? 누구였어?

마나　　글쎄요, 모르죠.

아카네　　어?

마나　　모르는 애였어요,

메구　　어떻게 모를 수가 있어?

카논　　본 적 없는 애였어요,

아카노　　말도 안 돼,

마나　　정말이에요, 교복도 좀, 달라서,

메구　　응? 이건 또 무슨 소리야?

마나　　약간 세련된 넥타이를 맸더라고요,

메구　　그러면 다른 학교 애라는 거야?

카논　　아니, 잘 모르겠어요,

아카네　　그런데, 다른 학교가 어딨어?

메구　　그러게,

아카네　　없잖아,

메구　　그치,

아카네　　그러면, 진짜, 누구지?

사이.

마나　설마….

메+마　유령?

코+메+마　꺄아아아아

아카네　그럼, 샤인이가 예쁘게 생긴 유령을 만나고 다
닌다는 거야?

카논　아니, 별로 안 예뻤다니까요,

마나　맞아요! 그러고 보니까 꼭 뭐에 홀린 사람 같
았어요!

메구　야, 하지 마, 나 무서운 얘기 진짜 싫어해,

아카네　자기가 먼저 말해놓고,

마나　그런데, 귀신 얘기하면 진짜로 귀신이 온대요,

★★
11
〜

사이토　비켜,

메구　꺄아악!

어느 틈에 사이토가 메구의 뒤에 서 있다.
사이토, 참고서를 읽으며 책상으로 간다.

사이토   시끄러워 죽겠네,

메구   뭐야, 깜짝 놀랐잖아,

사이토   웃기는 목소리로 말하지 말아 줄래?

마나   사이토 언니, 안녕하세요,

코+카   안녕하세요,

사이토   안녕,

아카네   안녕,

사이토   안녕,

사이토, 자리에 앉아 참고서를 읽는다.

마나   사이토 언니, 큰일 났어요,

사이토   어?

카논   그만 해,

마나   샤인 선배가 큰일 났어요,

사이토   큰일 뭐?

마나   처음 보는 미소녀랑 같이 걷고 있어요,

사이토   아 그래? (다시 참고서를 읽는다)

마나   사이토 언니는 너무 냉정해요.

코코   (사이토에게) 아, 언니도 숙제하세요?

사이토   뭐?

코코   그거, 방학 숙제 맞죠?

사이토   방학 숙제를 왜 이제 해? 끝낸 지가 언젠데,

코코   아, 그렇죠,

사이토   뭐야, 너 아직도 안 했어?

코코   아뇨, 다 했어요,

메구   왜 거짓말을 하니?

아카네   하나도 안 했대,

사이토   어? 야, 빨리 해,

코코   네, 죄송해요,

사이토   그런데, 왜 이러고 있는 거야?

아카네   어?

사이토   연습 시간이잖아, 연습 안 할 거면 나 집에 가
        도 돼?

아카네   아니야, 지금 막 시작하려고 했어, 자, 연습하
        자, 연습,

메구   정각에 딱 맞춰서 왔으면서 잘난 척은,

사이토　일찍 와봤자 쓸데없는 얘기만 하니까 일부러 맞춰서 왔다, 왜,

메구　네네, 쓸데없는 얘기만 해서 미안하게 됐네요, 어우, 또 쓸데없는 얘기를 했네, 또 했네, 쓸데없는 얘기,

아카네　자, 진짜로 이제 쓸데없는 얘기는 그만하고, 연습 시작하자!

마＋카　네!

아카네　코코, 너도 숙제 그만해,

코코　네?!

아카네　자, 이거 인원수만큼 복사해 와,

마나　어! 새 대본이에요?

아카네　응, 복사 부탁해,

코코　얼른 해올게요,

아카네　그럼 우리는 책상 줄 좀 맞추자,

코코, 음악실을 나간다.

각자 책상을 옮기거나 악기 준비를 한다.

메구   천천히 해도 될 거 같은데- 샤인이도 아직 안 왔고,

마나   휴우,

사이토   빨리빨리 좀 움직여,

메구   알았다고,

카논   스피카 언니도 안 보이네요?

아카네   어어, 스피카는 어차피 또 지각하겠지, 뭐,

마나   스피카 언니는 늦잠이 너무 심해요,

카논   언니 잠버릇도 심해서, 미리에 폭탄 맞은 것처럼 하고 온 적도 있잖아요,

메구   걔는 진짜 정신 좀 차려야 돼, 주인공이 그러면 어떡해,

사이토   진지하게 불러다 얘기 한번 해야 하는 거 아니야?

아카네   음, 얘기해 보긴 했는데, 잘 안 고쳐지나 봐,

사이토   너무 물렁하게 말한 거 아니야?

아카네   그게 아니라, 스피카가 워낙 자유로운 애라,
혼나도 금방 털어 내는 스타일이더라고,

메구   그럼, 나나호한테 말하자,

마나   왜요?

메구   둘이 어렸을 때부터 친하니까,

마나   아, 진짜요?

메구   어? 몰랐어?

아카네   유치원 때부터 쭉 같이 다녔지?

마나   와, 좀 의외인데요?

메구   왜?

마나   아니 그냥요, 별로, 그렇게 오랜 친구 같은 느
낌은 없잖아요, 고등학교 때 처음 만난 느낌이
었는데?

메구   그게 어떤 느낌인데?

아카네   예전에는 학교 올 때도 꼭 둘이 같이 왔었어,

메구   맞아,

카논   지금은 안 그래요?

아카네   요즘에는 따로 오더라고,

카논   왜요?

아카네   글쎄, 모르겠네,

사이토 그런데, 이거 (가방을 가리킨다) 스피카 가방
아니야?

아카네 어?

스피카가 두고 간 가방이 음악실에 놓여 있다.

아카네 어? 그런가? 나나호 거 아니야?

메구 이게 나나호 거 같은데?

아카네 아, 진짜다,

마나 샤인 선배 건가?

카논 아니야, 샤인 선배는 배낭 메고 다녀,

마나 아, 그래?

아가네 그러면, 이건, 누구 기야?

사이.

마나 유령 건가?

메구 하지 말라니까,

사이토 뭐라는 건지.

코코, 음악실로 돌아온다.

코코　　　으아아, 큰일 났어요, 큰일 났어요,

아카네　　왜? 복사는?

코코　　　아니, 지금 복사가 문제가 아니에요,

아카네　　왜 또?

마나　　　무슨 일인데?

코코　　　왔어요, 왔어,

아카네　　누가 와?

코코　　　샤인 선배!

마+카+아+메　샤인! (또는 샤인 선배!)

카논　　　혼자야? 응? 혼자? 혼자?

코코　　　모르겠어, 잘 안 보였어,

마+메　　꺄아!

코코　　　이제 올 거예요, 바로 앞에서 봤어요, 금방 들

어올 거예요!

마+메　　꺄아!

사이토　　조용히 좀 해,

메구   어떡하지? 어떡하지?

마나   살풀이라도 할까요?

메구   그건 아니지 않니?

아카네   아 몰라, 그냥 평범하게 좀 있어 봐, 평범하게!

메구   그래! 너희도 평범하게 있어!

마나   평범하게 어떻게요?

아카네   아 몰라, 평소대로 평범하게!

모두, 평범하게 있는다. 모두, 부자연스럽다.

******
14

샤인, 음악실로 들어온다.

샤인   안녕,

아카네   아, 응, 안녕!

모두, 어색하게 "안녕" "안녕하세요"라고 인사한다.

샤인　　…너희, 왜 그래?

아카네　뭐가?

샤인　　아니, 다들 좀, 이상해서,

아카네　뭐가? 난 모르겠네,

사이토　너 지각이야,

샤인　　아, 미안,

아카네　너 혼자야?

샤인　　어?

메구　　야! ('평범하게 있자며!'의 의미가 담긴 "야!")

마나　　아, 그런데, 아까는, 같이, 그치?

카논　　응,

샤인　　뭐라고?

마나　　그게 아니라,

샤인　　(뒤를 돌아 음악실 밖을 향해) 아, 들어와,

아카네　어?

15

히카리, 음악실로 들어온다.

히카리　　…. ('인사를 해야 하나?')

모두, 깜짝 놀란다.
한 번도 본 적 없는 사람이 음악실 안으로 들어와, 당황
한 상태다.

샤인　　음, 여기가 음악실이야, 축제 연습은 기본적으
　　　　로 여기서 하고 있어. 교실은 방금 들어온 쪽
　　　　건물에 있고,

히카리　　아아,

아카네　　저기,

히카리　　아, 안녕하세요, 처음 뵙겠습니다,

아카네　　처음 뵙겠습니다,

히카리　　저기, 내일부터, 잘 부탁드립니다,

아카네　　어? 내일?

마+코　　내일?

메구	내일,
아카네	내일부터 뭐 해요?
샤인	우리 학교로 전학을 오게 됐대,
모두	전학?!

모두, 웅성인다.

아카네	아, 정말?
메구	진짜? 진짜로?
히카리	네, 진짜로요,
모두	와아아아!
아카네	잠깐만요, 그럼, 원래는 어디 다녔었는데요?
메구	맞아, 어디 다니다가 우리 학교로 온 거야?
샤인	들어 봐, 대박이야,
메구	샤인, 넌 조용히 있어,
마나	어딘데요? 어디에서 왔어요?
히카리	아, 그게요, 화성, 이요,
모두	화성?!

모두, 더 크게 웅성인다.

사이토	(자리에서 일어나 히카리에게 다가간다)
마나	진짜로? 진짜로요?
메구	화성에서 왔다고? 진짜?
히카리	아, 네,
모두	와아아아아!!
마나	웬일이야, 웬일이야, 웬일이야.
메구	진짜로? 와 진짜로?
아카네	나 처음이야, 처음 봤어!
코코	대박대박대박! 그러면 화성인이에요?
히카리	아, 음, 네,
모두	미쳤어!!!!!!!!!
메구	미쳤어, 미쳤어!
코코	화성인이래, 화성인,
샤인	그만들 좀 해,
메구	외계인이다! 외계인!
샤인	아니, 이쪽 입장에선 우리도 외계인이거든,

메구　　　샤인, 넌 조용히 있어!

아카네　　음, 저기, 이름이 뭐예요?

히카리　　저는, 히카리요.

아+마+메+코　(이유 없이 감동하며) 와아아!

코코　　　이름 좋네요,

마나　　　좀 더 뭔가, 쵸모람마 같은 이름일 줄 알았어,

메구　　　뭐야, 그게-

아카네　　히카리, 씨? 저기, 나이는 어떻게 돼요?

메구　　　몇 학년이에요?

샤인　　　2학년이래,

히카리　　네, 맞아요,

메구　　　샤인, 넌 좀 빠져!

코코　　　그럼, 언니다!

마나　　　그럼, 스피카 언니랑 나나호 언니랑 같은 학년
　　　　　이네요,

히카리　　네에,

코코　　　아, 내 정신 좀 봐, 죄송해요! 여기 앉으세요!

코코, 의자를 가져온다.

히카리   네?

메구   그래, 앉아! 앉아!

히카리   아, 저는, 괜찮아요,

마나   시차, 시차가 있으니까,

메구   중력이 다르거든,

코코   숨은 잘 쉬어져요? 힘들지 않아요?

아카네   편하게 앉아, 자,

히카리   네에,

히카리, 의자에 앉는다.

모두, 이유 없이 감동한다.

아카네   어어, 그러면, 우리 자기소개할끼?

메구   그러자!

아카네   난 아카네라고 해요, 3학년이에요,

히카리   안녕하세요,

메구   학생회장이야,

아카네   아, 응, 내가, 응,

히카리   와아,

아카네   그리고 축제 실행위원회장도 맡고 있고, 반장,

연극부 부장, 그리고 도서실 부장, 선도위원장, 인사 잘하기 추진위원장, 그런 '장' 붙은 건 거의 다 하고 있어,

히카리　네,

메구　자자, 그러면, 이제 나 할게, 나는 메구루라고 하는데, 메구라고 불러줘, 3학년이고, 우리 집은 쌀농사를 해.

히카리　아, 안녕하세요,

어느 틈에 사이토, 앞으로 나와 있다.

사이토　사이토예요,

모두　어?

사이토　왜?

메구　아니야,

사이토　나도 3학년이고, 잘 부탁해요,

히카리　네, 잘 부탁드립니다,

마나　저기! 악수 한번 해도 될까요?!

메구　어! 치사하게!

히카리　네?

마나　　　저는 마나예요, 1학년이에요. (악수한다)

히카리　　아, 잘 부탁해요. (악수한다)

마나　　　부드럽다!

코코　　　나도! 나도 악수해도 돼요?!

히카리　　아, 네.

코코　　　(ET 손 모양을 하고 다가간다)

히카리　　?

모두　　　야야야야!

코코　　　왜요?

샤인　　　그런 거 좀 하지 말라고,

코코　　　저는 코코예요, 코코라고 불러주세요, 1학년
　　　　　이에요! (악수한다)

히카리　　이, 네,

마나　　　야, 카논, 너도 해야지,

카논　　　카논이라고 해요, 1학년이에요,

히카리　　안녕하세요,

마나　　　너도 악수 해!

카논　　　난 됐어,

마나　　　뭘 부끄러워하고 있어,

카논　　　누가 부끄럽대?

샤인   (손을 내밀며) 나는 테루키.

히카리   아, 네. (악수한다)

메구   어이, 야!

카논   선배!

마나   왜 만지고 난리예요!

코코   미쳤나 봐!

샤인   왜?!

메구   미안미안, 손 닦을래? 물티슈 줄까?

히카리   네? 아,

샤인   흐름상 자연스럽게 악수한 거잖아.

마나   뭐가 자연스러워요!

코코   흐르긴 뭐가 흘러요!

카논   기가 막혀,

샤인   아니, 나한테 왜 그래?

마나   그리고, 갑자기 테루키는 뭐예요?

코코   맞아!

샤인   어? 아니, 내 본명이 테루키니까,

마나   아, 그래요?

코코   몰랐어요,

메구   나도 몰랐어.

카논	몰랐어요?
샤인	내 이름이 '빛나는 나무'라는 뜻이라 다들 샤인이라고 부른 거 아니었어?
마나	샤인 머스캣처럼 생겨서 샤인인 줄 알았어요.★
샤인	뭐라고?
메구	샤인 머스캣처럼 생긴 게 뭐야?
마나	선배 얼굴이 자주 노랗게 뜨잖아요.
샤인	야,
아카네	샤인이 얘기는 그만하고,
코코	맞아요!

모두, 히키리 앞으로 다시 급하게 모인다.

★ 원작 대사는 아래와 같다.
마나 평사원(＝헤이샤인)의 사원(＝샤인)에서 따온 말인 줄 알았어요.
샤인 뭐라고?
메구 왜? 평사원이 왜?
마나 선배, 얼굴이 노안이잖아요.

아카네	아무튼, 샤인이랑 나랑 메구, 사이토, 이렇게 넷이 3학년이고, 코코, 마나, 카논이 1학년, 그리고 지금은 없지만 나나호, 스피카가 너랑 같은 2학년이야. 이게 우리 전교생이야,
히카리	아,
샤인	뭐야, 스피카는 또 지각이야?
메구	행방불명이야,
샤인	행방불명?
카논	나나호 언니는 갑자기 아까 나가버렸어요,
샤인	어?
아카네	하아, 이렇게 중요한 때 둘씩이나,
히카리	저기…
마나	왜요?
히카리	그게, 전교생이 그렇게밖에 없어요?
아카네	응,
히카리	아, 학교 학생이 전부,
사이토	그렇다니까,
히카리	아, 죄송합니다,
아카네	아니야, 놀랐지? 그럴 거야, 응, 우리가 전부야,

히카리　　네, 와,

아카네　　옛날에는 더 많이 있었던 것 같은데,

샤인　　　우리가 초등학생이었을 때는 더 많았지,

마나　　　이 동네 사는 사람은 이제 우리밖에 없잖아요,

아카네　　다들 화성으로 가버렸으니까,

메구　　　대부분 이주했지,

히카리　　네,

코코　　　그런데 이 동네에 사람이 적은 건 공항 때문인
　　　　　 것도 있어요.

히카리　　네?

마나　　　로켓! 엄청 시끄럽거든요,

메구　　　맞아, 너무 심해, 일주일에 한 번씩 소음이 엄
　　　　　 청나기든,

아카네　　뜨거운 바람도 불고,

메구　　　부앙- 하고.

코코　　　드라이어 백만 대 튼 거 같아요,

히카리　　아, 죄송해요,

아카네　　어? 왜 사과해?

히카리　　저도 로켓 타고 왔거든요,

아카네　　아니야, 그건 상관없지,

메구   아, 맞다! 화성은 어떤 느낌이야? 화성에 있

          는 학교는 어때?

마나   저도 궁금해요!

히카리   음, 설비가 잘 되어있어요.

모두, 이유 없이 감동한다.

코코   반은요? 반은 많이 있어요?

히카리   네.

마나   남자는요? 남자는 많이 있어요?

히카리   네,

메+마+코 좋겠다-!

메구   여긴 애밖에 없거든,

샤인   그게 뭐!

아카네   그런데, 왜 여기로 온 거야?

메구   맞아, 왜? 굳이?

아카네   그러게, 이제 몇 년 남았댔지?

메구   50년,

아카네   맞아, 50년 후엔 아무도 여기서 못 사는데,

사이토   30년 아냐?

메구   50년이야,

코코   10년 전에도 50년이라고 했었어요,

카논   맞아, 그랬어,

마나   하여튼 뭐가 뭔지 모르겠다니까,

아카네   아무튼, 얼마 살지도 못하는 데로 왜 온 거야?

히카리   아, 그게….

모두   ?

히카리   그게 좀,

묘하게 어색한 시간이 흐른다.

모두   아유, 그렇지! (그렇죠!)

아카네   사정이 다 있지!

메구   맞아맞아,

아카네   아, 우리, 히카리한테 우리 공연 보여주자!

히카리   네?

코코   좋아요!

메구   으잉?

아카네   왜?

메구   아직 보여줄 만한 수준이 아니잖아,

아카네 할 수 있는 데까지! 보여줄 수 있는 데까지 보여주자!

히카리 아,

아카네 우리가 축제 때 공연할 거 연습하러 모인 거거든, 2학기 시작하면 바로 축제가 있어서,

히카리 네에,

메구 예전에는 학년별로 연극, 합창, 댄스, 밴드 뭐 여러 공연이 있었던 것 같은데,

아카네 몇 명 안 되니까 그냥 다 같이 모여서 만들어, 지금은,

히카리 와, 어떤 공연인데요?

코코 전부 다요!

히카리 네?

마나 연극, 합창, 댄스, 밴드, 전부 다 합친 거예요,

히카리 ?

아카네 의견 통일이 안 돼서, 에라 모르겠다, 다 합치자, 한 거야,

히카리 아, 네,

아카네 공연 제목이 〈나의별〉인데, 우주 이야기거든?

히카리 네에,

아카네	우리도 언젠가 화성으로 갈 거고, 곧 있으면 지구에서는 아무도 못 살게 되잖아, 그리고 언젠가는 우리도 다 죽을 거잖아,
히카리	네,
아카네	그래서, 그 수십억 년이라는 시간도 그렇고, 우리가 고등학교를 다니는 3년이라는 시간도, 결국엔 전부 다 시간이잖아, 그러니까 우리가 태어나서 죽을 때까지를 이 학교에 입학해서 졸업할 때까지의 시간에 빗대어서 만든 작품이거든?
메구	무슨 말인지 모르겠어,
아카네	아, 그러면, 우리가 여기서 해볼게, 잠깐만 기다려,
히카리	아, 네,
아카네	아, 어떡하지? 어떡하지?
메구	왜 그래?
아카네	지금 스피카 없잖아,
샤인	누가 대신 하면 되지.
코코	그럼, 제가 할게요,
메구	너 할 수 있겠어?

코코　　할 수 있어요,

카논　　그런데 나나호 언니도 없어요,

코코　　제가 할게요.

메구　　어떻게 둘 다 해,

★★
16

나나호, 음악실로 들어온다.

카논　　어, 나나호 언니!

나나호　　아, 죄송해요, 늦어서 죄송해요,

아카네　　다행이다, 딱 맞춰서 왔네,

메구　　어디 갔었어?

나나호　　죄송해요,

마나　　나나호 언니, 나나호 언니!

나나호　　어?

코코   잠깐 언니, 이리 와보세요!

나나호   어, 왜?

마나   히카리 언니예요,

나나호   어? 아,

히카리   히카리라고 해요.

나나호   나나호예요,

히카리   처음 뵙겠습니다,

나나호   안녕하세요,

메구   시-작,

나나호   ?

모두   화성에서 전학 왔대(요)!

모두, 박수.

나나호   아, 그렇구나,

모두   뭐야뭐야뭐야,

메구   아니지, 반응이 뭐 이래.

코코   이상하다,

마나   언니! 아무렇지도 않아요?

아카네   넌 화성 사람 본 적 있어?

나나호　　처음 봐요,

마나　　그런데 왜!

나나호　　아니, 그냥, 뭐라고 해야 할지 모르겠어서,

메구　　이건 아니지.

아카네　　저기, 나나호, 스피카는 어디 있어?

나나호　　네?

아카네　　히카리한테 우리 공연 보여주기로 했는데, 스
　　　　　피카가 안 보여서, 학교에 오긴 온 거 같은데,

나나호　　아, 그게,

메구　　가방만 있어, 어디 갔는지 몰라?

아카네　　무슨 연락 같은 거 없었어?

나나호　　아, 그게요, 그것 때문에 할 얘기가 있는데요,

아카네　　어, 뭔데?

나나호　　(아카네에게) 언니, 잠깐 이쪽으로 와주실래
　　　　　요?

메구　　어, 뭐야,

나나호　　아, 그게 아니라,

샤인　　뭔데, 무슨 얘긴데?

아카네　　나한테 할 얘기야?

나나호　　아뇨, 우리 전부한테 해당하는 얘기인데,

아카네	그럼, 여기서 하면 되겠네,
나나호	….
아카네	?
나나호	…네,
아카네	응, 해 봐,
나나호	그게, 제가요, 아까 스피카를 만났는데요,
아카네	아, 만났어?!
메구	뭐야, 온 거 맞네.
마나	웬일이래요?
나나호	그런데, 그게, 스피카가, …전학 간대요,
모두	응?
아카네	…전학?
나나호	네,
아카네	전학 갈 데가 어딨어? 화성으로 간대?
나나호	네,
아카네	…아, 그래,
메구	이주하는구나,
아카네	아, 그러면 할 수 없지, 그래서, 언제 간대?
나나호	…그게요,
아카네	이사 날짜 정해졌대?

나나호   …내일이래요,

모두   뭐어어어어어?!

메구   말도 안 돼, 진짜? 내일? 내일 간대?

나나호   네,

메구   무슨 말이야, 너 알고 있었어?

아카네   몰랐지! 내일 간다고?!

메구   갑자기 이러면 어떡해,

아카네   아니, 그러면 우리 공연은?

나나호   자기는 못한대요,

모두   말도 안 돼!

메구   잠깐만, 그러면 빨리 말을 해 줬어야지!

나나호   죄송해요!

메구   아니, 네가 왜 죄송해, 스피카 말이야,

나나호   그런데, 그게, 말이 안 나오더래요,

사이토   잠깐만, 그 얘기, 믿어도 돼?

아카네   어?

사이토   스피카가 말만 그렇게 한 걸 수도 있잖아.

아카네   맞아!

메구   그런데 뭐 하러 그런 거짓말을 해?!

아카네   그건 나도 모르지,

모두, 웅성거린다.

아카네 우리끼리 이러고 있어 봤자 아무 소용 없어!

샤인 본인한테 직접 들어보자!

메구 맞아맞아,

아카네 그래서, 스피카는 지금 어디 있어?

나나호 교무실에 간댔는데,

메구 교무실!

모두, 교무실로 가려고 한다.

나나호 아니, 그런데 제가 지금 갔다 왔는데, 거긴 없더라고요,

아카네 어?

메구 그럼, 어디 간 거야!

아카네 그러면 우리 흩어져서 찾아보자!

마나 네!

아카네 자, 데덴찌로 팀 나누자,

메구 그러자그러자,

아카네 데덴찌, 자자, 모여모여!

샤인　　이거로 어떻게 팀을 짜!

아카네　그런가, 그러면, 다들 알아서 찾아보자!

메구　　알아서? 어디부터 찾지?

아카네　스스로 좀 생각해, (히카리에게) 미안, 정신없
　　　　　지? 여기서 잠깐 쉬고 있어!

히카리　저는 괜찮은데,

히카리를 남겨 두고 모두 밖으로 나간다.

하지만 사이토는 나가려다가 말고 되돌아온다.

★★
17
〜

사이토　….

히카리　…?

사이토　화성에 있는 학교는, 어때?

히카리　네?

사이토　이러지는 않을 거 아니야,

히카리　아,

사이토　뭐라고 그러지? 레벨? 여기는 레벨이 너무 낮

지?

히카리　　아, 그런데, 다들 좋은 분 같아요.

사이토　　그래? 다음에 또 화성 얘기해줘,

히카리　　아, 네,

사이토, 나간다.

★★
18
~

히카리, 이번에는 진짜로 혼자 남겨진다.

히카리　　….

히카리, 먼 풍경을 넋 놓고 바라보다가, 자리에서 일어
선다.
무심코 카세트라디오가 있는 쪽으로 간다.

히카리　　….

★★
19

스피카가 등장해, 몰래 음악실 안을 살핀다.
히카리는 아직 스피카가 온 것을 모른다.

스피카　….

스피카, 살금살금 음악실 안으로 들어온다.
히카리, 그제야 스피카를 본다.

히카리　아,
스피카　아! 죄송해요,

스피카, 가방을 가지고 나가려고 한다.

히카리　어, 아, 저기, 잠깐만요, 잠깐만 가지 말아 주세
　　　요,

스피카　네?

히카리　스피카, 맞죠?

스피카　맞는데, 누구세요?

히카리　그게, 저는 히카리라고 하는데요,

스피카　히카리?

히카리　아니, 그게, 저는 여기로 전학 온 학생인데요,

스피카　네? 전학이요?

히카리　네,

스피카　원래는, 어디 살았는데요?

히카리　화성, 이요,

스피카　아아, 와, 와아아, 화성에서 왔다고요, 세상에,

히카리　네,

스피카　화성에서 온 사람은 처음 봤어요, 그럼,

스피카, 나가려고 한다.

히카리가 뒤를 쫓아간다.

히카리　저기요, 잠깐만요,

스피카   왜요?
히카리   직접, 얘기하는 게 좋을 것 같아요,
스피카   뭐를요?
히카리   화성으로 갈 거잖아요,
스피카   네,
히카리   그럼, 직접 얼굴 보고 얘기하는 게 좋을 것 같
          아요.
스피카   아뇨, 괜찮아요,

스피카, 나가려고 한다.
히카리, 뒤를 쫓아간다.

히카리   그래도, 직접 본인 입으로 확실하게 말하고 헤
          어지는 게 좋을 것 같아요.
스피카   이제 그만 하세요,

이하, 마치 두 사람은 술래잡기하는 것처럼 쫓고 쫓기며
대화한다.

히카리   잠깐만요,

스피카   네, 알았으니까, 그만하라고요,

히카리   잠깐, 가지 마세요,

스피카   따라오지 마세요,

히카리   그래도,

결국, 스피카는 멈춰 서서 화를 낸다.

스피카   왜 이러는 거예요?!

히카리   저는, 죽을 거예요,

스피카   …네?

히카리   네,

스피카   방금, 죽을 거라고 했어요?

히카리   네, 그랬어요,

스피카   …?

히카리   그랬어요,

스피카   죽는, 다고요?

히카리   네,

스피카   언제요?

히카리   언젠가요,

스피카   하아. 뭐예요, 당연히 누구나 언젠가는 죽죠,

히카리 그렇긴 한데요,

스피카 나도 언젠가는 죽을 거고,

히카리 아, 그런데 아마 제가 먼저 죽을 거예요,

스피카 네? 왜요?

히카리 병에, 걸렸거든요,

스피카 병이요?

히카리 증상이 언제 발현될지는 모르지만, 전신 근육이 굳어서, 밥도 못 먹고, 숨도 못 쉬고, 심장도 멈추는, 그런 병이래요.

스피카 아, 음, 진짜로요?

히카리 불쌍하죠?

스피카 아니, 그런 게 아니라, 저기, 괜찮아요?

히카리 아, 전염되는 병은 아니니까 걱정하지 말아요,

스피카 아니, 그게 아니라,

히카리 그러니까 제 말은, 사람은 언제 죽을지 모르니까, 헤어질 땐 꼭 작별 인사를 했으면 좋겠어요,

사이.

스피카 …알았어요,

히카리　네,

스피카　그런데, 그런 병에 걸렸는데, 여기로 온 거예요?

히카리　네, 아빠가 한 번 봐두는 게 좋을 거라고 해서,

스피카　뭘요?

히카리　지구요,

스피카　아아,

히카리　지구는, 할머니 집 같은 곳이래요,

스피카　아아, 그래요,

히카리　네,

스피카　어때요? 와보니까?

히카리　아, 좀, 생각보다 낡았네요,

스피카　네?

히카리　아, 그게 아니라,

스피카　맞아요, 그렇죠, 전부 다 낡았죠,

히카리　아니, 낡았다는 말이, 그게 아니라, 처음 온 곳인데 이상하게 마음이 뭉클해져요, 그게 너무 신기해요,

스피카　오오,

히카리　저기, 방금 한 얘기, 비밀로 해줄래요?

스피카 아, 네, 당연하죠, 그런데 왜 그래요?

히카리 네?

스피카 좀 이상해요, 조금 전부터,

히카리 그냥 좀,

스피카 괜찮아요? 힘들어요? 앉을래요? 여기 앉을래요?

히카리 저기, 화장실이 어디예요?

스피카 화장실?

히카리 네,

스피카 아아, 저쪽이요,

히카리 고마워요, 아, 그런데,

스피카 걱정 마요, 여기 있을게요,

히카리 약속한 거예요,

스피카 알았어요,

히카리 네,

히카리, 나간다.

★★
20
～

스피카　　…．

카세트라디오의 버튼을 누른다. 시보와 음악이 흐른다.
대사를 외우는 듯, 조용히.

스피카　　하얀 커튼, 천장의 얼룩, 교실 모퉁이, 수영장
　　　　　냄새, 파란 하늘, 물 흐르는 소리, 노트, 교과
　　　　　서, 참고서.

말들이 점점 리듬을 탄다.
스피카는 춤을 추기 시작한다.
대사는 더욱 리드미컬해진다.

★

스피카   도시락통, 쓰레기통, 필통, 통-하고 빠져버린
        교실 뒷문, 에는 프린트, 스티커, 둥근 자석, 둥
        글게 휘어진 학교 가는 길.

스피카   돌고 돌아 24 곱하기 7, 곱하기 365 나누기 7.

스피카   일월화수목금토일, 월화수목금토일월, 화수목
        금토일월화.

스피카   수금지화목토천해명.

스피카   빙글빙글 (어질어질) 돌다 보면 (눈앞이 빙글)
        매일매일 찢는 달력 (한 장을 넘겨) 돌고 도는
        (회전목마) 눈이 핑 돌아 (눈앞이 깜깜해) 눈
        앞이 휘청 (눈이 떠진다) 꿈에서 깬다,

스피카, 멀리 있는 무언가를 발견하고, 카세트라디오의
버튼을 눌러 재생을 멈춘다.

스피카   ⋯.

스피카, 음악실을 나가려다가 발이 멈춘다.

스피카　　….

다시, 카세트테이프를 꺼내려고 하는데, 잘 안된다.

스피카　　!

스피카, 카세트테이프를 꺼낸다.
아무래도 누군가가 음악실을 향해 오고 있는 듯하다.
스피카, 도망치기에는 늦었음을 깨닫고, 가방을 들고 로
커 안으로 들어간다.

★★

21

〜

텅 빈 교실. 매미 소리.

★

22

샤인, 등장한다.

샤인　　　…어?

반대편에서 카논이 등장한다.

카논　　　어?

샤인　　　아, 카논, 너 언제부터 있었어?

카논　　　저, 지금 막 온 건데, 선배는 여기 쭉 있었어
　　　　　요?

샤인　　　응?

카논　　　네?

샤인　　　나 있었냐고?

카논　　　있었어요?

샤인　　　?

카논　　　?

샤인　　　우리 서로 스피카인 줄 알고 쫓아왔나 보네?

카논　　　아, (어쩐지 기쁘다)

샤인   그렇지?

카논   아, 그런데 스피카 언니는 정말 이사 가는 거
        맞을까요?

샤인   글쎄,

카논   미리 말 좀 해주지,

샤인   하려고 했는데 못 한 거겠지,

카논   그래도 방학 내내 같이 연습했잖아요,

샤인   그러게,

카논   그런데요, 선배는 졸업하면 바로 화성으로 갈
        거죠?

샤인   아니, 나는 안 가,

카논   네?!

샤인   응?

카논   안 간다고요?!

샤인   아, 응,

카논   말도 안 돼! 왜요?!

샤인   그냥, 여기서 취직할까, 싶어서,

카논   여기서 일을 구한다고요?!

샤인   응, 뭐, 당장 그쪽으로 갈 이유도 없으니까,

카논   이유가 왜 없어요?!

샤인　아, 나는 딱히 없거든,

카논　그런데, 여긴 이렇게 더운데,

샤인　나 더운 거 별로 안 싫어하거든,

카논　사람도 하나도 없고,

샤인　사람 없는 것도 별로 안 싫어해서,

카논　취직할 데도 없고,

샤인　구청이랑 농협이 있잖아,

카논　구청이랑 농협밖에 없잖아요,

샤인　왜 그래, 그러면 너는? 너는 어떡할 거야?

카논　저, 저는, 아직 모르겠어요, 1학년이라,

샤인　에이, 1학년인 게 무슨 상관이야,

카논　네?

샤인　이건 어디서 살고 싶은지에 대한 얘기잖아,

카논　…누구랑 살고 싶은지에 대한 얘길 수도 있어
요,

샤인　어?

카논　아니에요, 아무것도,

샤인　아, 그런데, 우리 이런 얘기나 하고 있을 때가
아니네,

카논　"이런 얘기나"요?

샤인   나 조금 더 찾아보고 올게!

카논   아, 그러면 저도 같이 가요!

샤인   아, 응,

샤인이 가려는 방향으로 카논도 따라나선다.

샤인   ?

카논   왜요?

샤인   어?

카논   ?

샤인   아니, 흩어져서 찾는 게 좋을 거 같은데,

카논   그러게요,

샤인   그럼, 나는 이쪽 기 볼게,

카논   네,

샤인이 가려는 방향으로 카논이 따라간다.

샤인   (뒤돌아서) 저기!

카논   ?

샤인   흩어져서 찾아보자고!

카논　　　후우. 정말 왜 그러세요?!

샤인　　　아니, 너는 왜 그러는데?

카논　　　그러면 선배 혼자 가세요!

샤인　　　어?

카논　　　빨리 가요! 빨리!

샤인　　　알았어….

샤인, 나가려는데.

카논　　　저기요!

샤인　　　어?

카논　　　어떻게 그냥 갈 수가 있어요?!

샤인　　　어?

카논　　　어떻게, 혼자 가냐고요?!

샤인　　　어…?

카논　　　진짜 왜 그러시는 거예요?!

샤인　　　내가 뭘! 미치겠네!

카논　　　제가 미치겠어요! 가지 말라고요! 아니, 꼭 가
　　　　　야 돼요!

샤인　　　뭐라고?

카논   꼭 가야 돼요! 아니, 그게 아니라, 꼭 와야 돼요!

샤인   뭐야, 너 왜 그래?

카논   꼭 오라고요! 화성으로!

샤인   어?

카논   저도 있을 거니까, 화성으로 꼭 오세요!

샤인   아, 어?

카논   우리 집은 제가 고등학교 졸업하면 다 같이 화성으로 이주할 거란 말이에요,

샤인   어어,

카논   그렇게 정해졌어요, 로켓도 벌써 예약해 놨고요, 그러니까 선배도 화성으로 오세요, 꼭이요!

샤인   아, 내가 왜,

카논   왜냐면, …선배가 왔으면 좋겠으니까요!

샤인   아….

사이.

샤인   …미안,
카논   왜요? 어차피 언젠가는 화성으로 가야 하잖아
         요,
샤인   음, 그렇기는 한데,
카논   그런데요?
샤인   그래도 그건, 내가 결정할 문제니까,
카논   네?
샤인   너무 미안한데, 미안해, …그럼, 나는 더 찾아
         보고 올게,

샤인, 나간다.

★★
23

카논, 멈춰 서 있다.

카논   ….

카논, 책상에 푹 엎드린다.

카논   ….

★★
24
~

마나, 등장한다.

마나   스피카 언니-, 어? 아, 뭐야, 카논이네, 너 왜
          자고 있어?
카논   ….
마나   뭐야, 여태 혼자서 쉬고 있던 거야? 못됐어-
카논   ….
마나   아, 대꾸도 안 해주네, 야, 뭐야, 너-

마나, 카논의 머리를 살짝 때린다.

마나　　그런데, 스피카 언니 정말 학교에 있는 거 맞
　　　　아? 벌써 집에 갔을 수도 있잖아, 그치?

카논　　….

마나　　야, 카논, 내 말 듣고 있어? 좀 일어나 봐, 응?

카논　　….

마나　　어? …야, 카논, 왜 그래!

카논　　….

마나　　…우는 거야?

카논　　….

마나　　뭐야, 왜? 야, 왜 울어? 미안해, 내가 머리 때
　　　　려서 그래? 미안, 아팠어? 미안미안,

카논　　(울면서) 아니야! 그런 거 아니야!

마나　　그럼 왜 울어?

카논　　아무것도 아니야!

마나　　뭐가 아니야, 카논, 너 지금, 일단 울지 마, 울
　　　　지 말고,

카논　　나 안 울어,

마나　　울고 있잖아, 너, 지금 얼굴 되게 웃겨!

카논　　너무해!

마나　　미안해, 울지 마, 응? 카논, 울지 마-

카논	뭐야, 왜 너까지 울어-
마나	모르겠어- 네가 우니까 나도 눈물 나-
카논	바보 같이-
마나	미안해-
카논	(소리 내어 운다)
마나	(소리 내어 운다)

두 사람, 이유도 모른 채 오열한다.

★★
25

코코, 아이스크림을 먹으면서 음악실로 들어온다.
마나와 카논, 울고 있다.

코코	(말문이 막힌다)
마+카	(코코가 온 것을 보지만, 말없이 계속 운다)
코코	(천천히 그들에게 다가가, 슬쩍 아이스크림을 내밀어 본다)
카논	(먹는다)

마나   (먹는다)

코코   (먹는다)

카논   …마나!

마나   카논!

마나와 카논, 우정을 나누며 오열한다.

코코   뭐야, 이게,

마나   어?

코코   왜 이러는 건데! 나는 어쩌라고! 뭐야, 이 상
           황 뭐야?

카논   시끄러워,

마나   코코, 목소리 좀 줄여,

카논   이제 괜찮아,

코코   ?

마나   그런데, 너 왜 혼자 아이스크림 먹어?

코코   더워 죽겠어,

카논   치사해,

코코   한입씩 먹었으면서,

카논   한 입 더 줘,

코코   싫어,

마나   구두쇠,

코코   사서 먹어,

마나   싫어, 덥단 말이야,

코코   스피카 언니는 찾았어?

마나   몰라, 없어,

코코   그치? 아무 데도 없더라,

마나   벌써 집에 간 거 아니야?

코코   스피카 언니는 프리스타일이니까,

마나   너도 만만치 않아,

카논   저기,

마나   응?

코코   응,

카논   너희는 언제 화성으로 갈 거야?

마나   어?

코코   갑작스럽네,

카논   아니 그럼, 화성에 가고 싶어?

마나   가고 싶달까, 가야만 하잖아,

카논   그러면 학교 졸업하고 갈 거야?

코코   우리 집은 안 가,

카+마   어?!

마나   왜?!

코코   우리 오뎅★이랑 따로 사는 건 상상도 못 하겠
        으니까,

마나   뭐?

카논   오뎅? 그 오뎅?

마나   개, 개,

코코   야! 우리 오뎅이한테 개라고 하지 마!

마나   알았어, 알았어,

코코   우리 가족이거든,

마나   왜 이름을 오뎅이라고 지었어?

코코   내 맘이지,

카논   그런데, 개는 화성에 못 가?

마나   코가 못생긴 개는 로켓에 못 타거든,

코코   아니거든! 코가 납작하면 기압 때문에 못 타
        는 거거든,

카논   아, 그럼, 너희 집은 개 때문에 다들 안 가고

★ 원작 대사는 '치쿠와'다. 어묵의 한 종류로, 긴 파이프처럼 생겼다.
코코가 기르는 강아지가 치와와라서 붙여진 이름이다.

여기 살 거야?

코코　개 아니라니까! 오뎅!

카논　미안,

코코　응, 오뎅이만 두고 갈 수 없으니까, 가족회의
　　　에서 그렇게 정했어,

카논　이거 엄청난 얘기다,

코코　그래?

카논　마나, 너는?

마나　나는, 가고 싶어,

카논　아,

마나　옛날부터 가고 싶었고, 갈 수만 있으면 지금
　　　당장이라도 가고 싶어,

카논　가면 되지, 왜 안 갔어?

코코　가족 중에 누가 반대해?

마나　아니, 가족들도 다 가고 싶어 해,

카논　그런데 왜 안 가?

마나　그건 비밀이라, 말 못 해,

코코　알았다, 너 코 못생겨서 로켓 못 타는구나?

마나　야!

카논　그런 거야? 그러면 할 수 없네,

마나 뭐야! 아니거든!

코코 가여워라-

카논 그러게-

마나 아니야! 지병 때문에 못 타는 거야!

카논 …어? 뭐라고?

코코 지병?

마나 아무한테도 말하면 안 돼,

카+코 응,

마나 병이 있으면 로켓에 못 타는 경우가 있는데, 그거 알았어?

카논 응,

코코 그런 게 있어?

카논 사전검사에서 탈락한대,

코코 그렇구나,

마나 맞아, 완치 전까진 이주 못 한다고, 우리 가족은 전부 탈락했어,

코코 어?

카논 어떻게 그래?

마나 진짜 비밀 지켜,

코코 아니, 잠깐만, 너 지금 이러고 있어도 괜찮아?

마나	괜찮아, 그렇게 쉽게 옮기고 그러는 병 아니니까,
카논	그런데 너희 가족 다 걸렸다며,
마나	응,
코코	아, 무서워, 나 너무 무서워졌어,
카논	무슨 병인데, 응?
마나	…무좀,
카+코	어?
마나	우리 가족이 다 무좀이래….
카+코	…푸하하하하하하하!
마나	야, 웃을 일 아니거든!
카논	아니, 무슨 무좀이야!
코코	나 어떡해, 배 아파,
카논	그거 금방 못 고쳐?
마나	쉽게 안 고쳐진대, 발을 잘 닦는 수밖에 없대,

카논	<u>크크크크크크</u>,
마나	무좀균을 죽이는 약은 없거든, 그래서, 나 초등학생 때, 우리 가족 이주 신청했다가 전원 탈락했어! 나도 창피해 죽겠어!
카논	많이, 속상했겠다,
코코	큭큭큭큭큭,
마나	자꾸 웃을래! 확 옮길까 보다!
코코	안 돼, 싫어!
마나	뭐 어때, 너는 화성 안 간다며!
코코	화성 안 가도 무좀 걸리는 건 싫어!
카논	하하하하,
코코	야, 카논, 웃지만 말고 애 좀 말려 봐,
마나	카논한테도 옮겨야지,
카논	안 돼, 안 돼!
코코	그, 그만해, 마나야, 마나야!
마나	용서 못 해!
코코	그게 아니라!

26

메구, 세 사람의 소란을 지켜보고 있다.
메구, 책상을 두드린다.

코+마+카 !

메구　　너희 지금 뭐 하니?

마나　　얘기 좀 하고 있었어요!

메구　　흐음,

코코　　메구 언니, 스피카 언니는요?

메구　　못 찾았어,

코코　　그죠,

메구　　이　이게 뭐야, 찌증 니! (의자를 발로 친다)

마나　　힉!

메구　　미안!

코코　　아니에요!

메구　　아니, 나는 괜찮아, 나는 괜찮은데, 아카네가,

코코　　네,

카논　　아카네 언니, 공연 준비 정말 열심히 하셨죠,

마나　　계속 대본 고치고,

메구	맞아,
카논	1학기 내내,
메구	우리는 이번이 마지막이니까,
코코	네,
메구	아– 속상해,
마나	어, 오셨어요?

★★

27

사이토, 음악실로 들어온다.

사이토	아주 온 건 아니고, 뭐야, 찾았어?
코코	스피카 언니요?
사이토	응,
코코	아니요,
사이토	그럼, 여기서 뭐 해?
마나	아, 그게, 잠깐 얘기를 좀,
사이토	무슨 얘기?
마나	아카네 언니가 마지막 공연이라 정말 열심히

준비하셨는데 참 뭐 그렇다는,

사이토　　흐음, 그래서, 이제 집에 가도 되는 거야?

메구　　안 돼!

사이토　　왜? 어차피 오늘 연습도 못 할 거 아냐,

메구　　그건 아직 모르는 거지!

사이토　　걔 벌써 집에 갔을걸? 이건 시간 낭비야,

메구　　시간 낭비?

사이토　　그러니까 가도 되지 않겠어?

메구　　안 된다니까,

사이토　　그럼, 얼마나 더 기다릴 건데?

메구　　그건, …아카네 올 때까지,

사이토　　그래? 알았어,

사이토, 참고서를 펴고 공부하기 시작한다.

마나　　카논,

카논　　어? 아, 응.

마나　　그럼, 저희는 조금 더 찾아보고 올게요,

카논　　그러자, 코코, 갈까?

코코　　아, 응, 옥상도 가봐야겠다,

사이토	없어, 방금 내가 보고 왔어,
코코	아, 벌써 가보셨어요?
사이토	어차피 못 찾아, 그냥 여기서 기다리지?
마나	아, 그래도, 조금만 더 찾아볼게요!
카논	찾아보고 올게요!

마나, 카논, 코코, 음악실을 나간다.

★★
28

메구	…야,
사이토	조용히 좀 해줄래,
메구	…너 왜 그래?
사이토	정신 사나우니까 조용히 하라고,
메구	적당히 좀 해,

사이토	내가 뭘?
메구	왜 나한테만 그렇게 못되게 말해?
사이토	내가 언제?
메구	맨날 그러잖아,
사이토	안 그러는데?
메구	할 말 있으면 그냥 해,
사이토	없어,
메구	뭐, 대충 이유는 알겠는데,
사이토	뭐? 야, 너 그렇게 나대지 않는 게 좋을걸?
메구	뭐라고?
사이토	조용히 좀 하라고, 농사짓는 애가 왜 이렇게 참견이 많아,

사이토, 참고서를 읽는다.

메구, 다가온다. 사이토, 도망치며 참고서를 읽는다.

메구	너 왜 계속 그 페이지만 읽어?
사이토	…아 시끄러,
메구	아침부터 계속 똑같은 문제만 푸네?
사이토	…닥치라고,

메구   세상에, 그렇게 쉬운 문제를 여태 붙들고 있는
거야?

사이토   …오지 좀 마,

메구   입체 문제잖아, 여기 이렇게 이어 붙이면 구가
되지, 그래서 부피 구하는 건데,

사이토   ….

메구   너는 맨날 공부만 하는 애가 왜 그렇게 공부를
못해?

사이토   시끄러워 죽겠네!

메구   아,

갑자기 사이토가 메구를 향해 돌진한다. 메구, 도망친다.

사이토   정신 사납다고! 너! 짜증 난다고! 시끄러워서!

메구   뭐야, 갑자기!

사이토   도대체 이유가 뭐야! 왜! 어떻게 이럴 수가 있
어?!

메구   뭐가?

사이토   왜 너는 그렇게 똑똑해?!

메구   나 안 똑똑한데,

사이토	똑똑하잖아! 너 머리 엄청 좋잖아!
메구	아니, 이런 말 해서 미안한데, 네 머리가 극단적으로 나쁜 걸 거야.
사이토	어쩌라고! 아무리 봐도 머리에 안 들어오는데! 아무리 공부해도 나아지는 게 하나도 없는데!
메구	아, 어,
사이토	나 다 알거든?
메구	어?
사이토	추천 입학, 추천서 써주겠다는데도 됐다 그랬다며?
메구	어떻게 알았어? 누가 그래?
시이토	그게 중요해? 너 미쳤이? 그길 마다하는 사람이 어디 있어?
메구	난 화성에도 대학에도 관심이 없으니까,
사이토	제정신이야?! 말이 안 되잖아, 이런 데서 계속 살겠다고? 끈적끈적하고, 촌스럽고, 논이랑 밭밖에 없고, 아무것도 없잖아, 아무것도 없으니까 다들 여기서 탈출하는 거잖아, 밋짱도 가고, 유리퐁도 가고, 다 가버렸어, 다,

메구　　밋짱, 유리퐁이 누구야?

사이토　내 친구! 내 옛날 친구들! 너무 보고 싶단 말
이야, 진짜 싫어, 난 여기가 너무 싫어,

메구　　…가면 되잖아, 화성으로,

사이토　너, 우리 집이 얼마나 가난한지 몰라?

메구　　난 모르는데,

사이토　가난이 뭐야? 지금 머릿속에 떠올려봐,

메구　　뭐라고?

사이토　떠올려 보라고!

메구　　어,

사이토　떠올렸어?

메구　　응.

사이토　거기다가, 아니, 거기에서, 0을 여섯 개 뺀 게
우리 집이야!

메구　　…어? 무슨 말인지 모르겠어.

사이토　난 설명 잘 못해! 머리가 나쁘니까!

메구　　아니, 잠깐 진정해 봐,

사이토　나 특별장학생이 돼야 돼, 그거 말고 내가 이
행성을 벗어날 방법이 없어,

메구　　아니, 나도 잘은 모르지만, 꼭 그런 건 아닐 거

같은데,

사이토 강제 이주 시작할 땐 나는 이미 할머니일 텐
데? 그때까지 여기서 쭉 살라고? 난 못해,

메구 왜? 나는 전혀 이해가 안 되네,

사이토 나도 너 이해 안 돼, 왜 여기서 살겠다는 거
야? 가면 되잖아, 당장 검정고시 봐서 대학 들
어갈 수 있잖아,

메구 아니, 난 안 갈 거야,

사이토 왜?

메구 우리 할머니랑 살 거야,

사이토 …뭐?

메구 우리 할머니랑 우리 논이 여기 있으니까, 난
못 떠나,

사이토 …그게 무슨 말이야?

메구 우리 할머니는 마지막까지 여기서 살고 싶으
시다는데, 다른 가족들은 너무하지 뭐야, 할머
니를 두고 가겠다는 거야, 그래서 내가 남기로
했어,

사이토 …그게 무슨 말이야? 자랑하는 거야?

메구 어?

사이토	너 착하다고 자랑하는 거야? 머리도 좋고, 인간성도 좋다고?
메구	야, 너무 삐딱한 거 아니야?
사이토	그러니까 나 좀 내버려두라고!
메구	우리 논을 지고 갈 수도 없고, 할머니도 혼자 못 두겠다고!
사이토	난 모른다고, 그런 거!
메구	남의 일에 참견할 시간 있으면 공부나 해!
사이토	네가 아까부터 방해했잖아!
메구	안 할 테니까 해!
사이토	안 그래도 할 거거든!
메구	잘 해봐!
사이토	그래, 잘할 거야!

사이토, 참고서를 주워 자리로 돌아간다.

아카네, 음악실로 들어온다.

사이토 아,

메구 아카네,

아카네 …찾았어?

메구 아니,

아카네 그래,

메구 그런데, 지금 1학년 애들이 찾고 있어,

아카네 아니야, 이제 그만해야겠어, 포기하자, 집에 갔나 봐,

메구 아닐 거야,

사이토, 음악실을 나가려고 한다.

메구 야, 어디 가?

사이토 가도 된다잖아,

메구 안 돼,

아카네 잠깐만,

사이토   어?

아카네   우리 공연 어떻게 할지 다 같이 의논하고 싶
          어, 조금만 있어 주면 안 돼?

사이토   …조금만이야.

메구   뭐야, 그게 무슨 말이야?

아카네   다들 모이면 얘기하려고 했는데,

메구   뭔데, 말해 봐,

아카네   응,

메구   뭐야,

아카네   …아니, 이렇게 무리하면서까지 축제 때 공연
          을 올리는 게, 의미가 있을까?

메구   어?

아카네   그렇잖아, 우리가 공연을 올려봤자 누가 보러
          오는 것도 아니고,

메구   왜, 오지, 오잖아,

아카네   누가?

메구   우리 할머니도 오고,

아카네   응, 가족들은 오는데, 다른 학교 애들이 오는
          것도 아니고, 애초에 다른 학교도 없고,

메구   그건 그런데,

아카네　작년에도 재미있긴 했는데, 좀, 끝나고 나니까
　　　　허무해지더라고,

메구　왜 그런 말을 해?

아카네　넌 안 그랬어? 우리 체육관도 그렇게 넓은데,
　　　　사람은 우리밖에 없었잖아,

메구　그렇긴 했지,

아카네　꼭 스피카 문제 아니더라도, 우리가 뭘 위해서
　　　　축제를 열고 공연 준비를 하는 건지 고민이 되
　　　　더라고, 아니, 이러면 안 되는데, 내가 실행위
　　　　원장인데,

메구　….

사이토　뭐야, 그러면 이제 어떡해? 관두는 거야?

아카네　만약에, 다들 그러는 게 좋겠다고 하면,

메구　난 싫어,

아카네　어?

메구　나는 싫어,

아카네　뭐가,

메구　관두는 거 싫다고,

아카네　왜?

메구　이유는 모르겠는데, 아무튼 싫어,

아카네　　마음은 알겠는데,

메구　　　아니, 솔직히, 자꾸 없어지기만 하잖아, 사람
　　　　　들도 없어지고, 다 없어져, 점점 없어지기만
　　　　　해,

아카네　　응,

메구　　　동아리도 없어지고, 반 배정표도 없어지고, 점
　　　　　점 다 없어졌어, 그래서 난 싫어, 축제는 안 없
　　　　　어졌으면 좋겠어,

아카네　　….

사이토　　하자,

메구　　　어?

사이토　　왜?

아카네　　아니, 왜?

사이토　　축제에 적극적으로 참여하면 내신에서 좋은
　　　　　점수 받을 수 있거든,

메구　　　야,

아카네　　메구,

사이토　　나도 관두는 거 싫다고,

메구　　　그 이유가 불순해서 싫다고,

사이토　　네가 싫은 게 무슨 상관이야, 지금은 아카네

마음이 중요하지.

메구　　….

아카네　…나는,

메구　　응?

아카네　평범한 고등학생이 되는 게 꿈이었거든?

메구　　평범한 고등학생?

아카네　그냥 드라마나 만화에 나오는 그런 거 있잖아,

메구　　옥상에서 점심 까먹고 그런 거?

아카네　맞아,

메구　　우리 학교 옥상에서 그러면 타죽을걸?

아카네　그냥 그렇게, 평범한 학창 시절을 보내고 싶었
　　　　　어,

메구　　응,

아카네　화성에 갔으면 가능했을까, 그런 생각도 했었
　　　　　는데,

메구　　응.

아카네　덥다고 난리 치면서 같이 부대끼는 것도 나쁘
　　　　　지 않네, 싶어지기도 하더라고,

메구　　뭐야,

아카네　나도 잘 모르겠어.

메구   아니야, 넌 알아.

아카네   그런데.

메구   응,

아카네   우리 공연 아무도 안 볼 거잖아,

메구   안 보면 어때,

아카네   너무 초라하잖아,

메구   초라하면 어때,

아카네   다들 화성으로 가버렸잖아,

메구   가버리면 어때, 우린 우리끼리 축제 하면 되
         지,

아카네   …응,

사이.

아+메   …꺄악!

메구   …뭐야, 방금 너무 드라마 같았어,

아카네   완전 드라마, 드라마,

메구   오글거려!

아카네   꺄악! 으으!

메구   뭐야, 갑자기 부끄러워하고 그래,

아카네	사이토, 으으!
사이토	왜, 하지 마,
메구	으으!
사이토	하지 말랬다!
메구	으,

★★
30
〜

사인, 음악실에 들어온다.

샤인	뭐야, 스피카 찾았어?
메구	못 찾았어,
샤인	그런데 왜 그렇게 신이 났어?
메구	샤인, 시끄러워,
샤인	저기, 내가 좀 생각을 해봤는데,
메구	무슨 생각?

샤인　　그게, 우리가 이 공연을 하는 게, 의미가 있을
　　　　까?

메구　　너 미쳤어?!

아카네　의미는 무슨 얼어 죽을 의미야!

메구　　무슨 일이 있어도 우린 공연할 거야!

아카네　이 약해빠진 녀석,

샤인　　어?

사이토　넌 애가 왜 그렇게 삐딱하냐.

샤인　　내가?

아카네　자, 앞으로 어떡할지 정해보자,

샤인　　뭘 정해?

아카네　스피카 빠지면 다시 짜야 하잖아,

메구　　누가 스피카 역할 대신 해주면 안 되나?

아카네　스피카 대신?

메구　　코코가 하고 싶어하는 거 같던데?

아카네　안 돼, 안 돼,

메구　　응, 안 되겠다,

아카네　누가 대신 한다 쳐도, 결국 한 명이 부족해서
　　　　안 돼,

메구　　아, 그러면! 우리 할머니는 어때?!

아카네   뭐라고?

샤인   이러면 어때?

메구   뭐가,

샤인   히카리한테 부탁하면 되잖아,

아카네   그러네,

메구   나도 그 생각 했어,

아카네   히카리, 악기 하는 거 있으려나?

메구   그것보다, 춤이 될까?

사이토   의외로 뻣뻣할 거 같은데,

샤인   아니야,

아카네   의외로 끈기가 있을 것 같아, 아마 잘할 거야,

★★
31
~

나나호, 음악실로 들어온다.

아카네   어, 나나호,

나나호   언니,

아카네   스피카, 찾았어?

나나호　　…아뇨, 아무 데도 없죠?

아카네　　응, 아마 말 못 하고 집에 가버린 거 같아,

나나호　　저기, 죄송해요!

아카네　　왜 그래?

나나호　　모르겠어요, 그런데, 죄송해요!

아카네　　아니야, 사과해 봤자 의미도 없고, 네가 사과
　　　　　할 일도 아니고,

메구　　　맞아, 너도 몰랐잖아,

나나호　　네,

메구　　　그럼, 어쩔 수 없지,

아카네　　맞아,

나나호　　그런데, 저, 전혀 눈치 못 챘어요,

아카네　　?

나나호　　항상 옆자리에 앉고, 교실에서도 늘 둘이 같이
　　　　　있었는데, 전혀, 스피카가 전학 갈 거라는 거,
　　　　　몰랐어요,

아카네　　당연하지, 나도 메구에 대해서 전혀 몰라,

메구　　　뭐?!

샤인　　　너무 가까이 있으면 오히려 잘 모를 수 있어,

아카네　　맞아, 너도 가끔은 맞는 말을 하는구나,

나나호　저 때문일지도 몰라요,

아카네　응? 뭐가?

나나호　스피카가 전학 가는 거요,

아카네　응?

나나호　저 때문일 수도, 있어서,

아카네　그런 거야?

나나호　잘은 모르겠지만요,

메구　뭐야,

아카네　왜? 왜 그런 생각한 거야?

나나호　저희는 원래 항상 같이 다녔거든요, 어렸을 때부터, 초등학교, 중학교도요.

아카네　응,

나나호　쭉, 항상 같이 다닐 줄 알았어요, 어쩌면 내가 스피카가 아닌가 싶은 생각이 들 정도로,

모두　응?

나나호　그런데, 역시 저는 스피카가 아니었고, 점점, 점점, 스피카가 저를 앞질러 가고,

아카네　응,

나나호　꼭 스피카가 앞이고, 제가 뒤였어요, 저는 못 가진 걸 스피카는 가지고 있었고, 철봉도, 구

구단도, 수영도, 생일도, 전부 다 스피카가 먼
저고, 저는 나중이고,

아카네 응?

나나호 춤도, 노래도, 선배들이랑 친해지는 것도, 후
배들한테 신임을 얻는 것도, 성격 밝은 것도,
머리 돌아가는 것도, 용기 내는 것도, 전부, 전
부 스피카는 잘하고, 저는 못해서, 다른 친구
가 더 있었으면 안 그랬을지도 모르겠지만, 늘
항상 스피카랑 둘뿐이라, 저는, 분해서, 항상
비교하게 되고, 항상 그게 너무 싫어서, 비교
하고 있는 저 자신도 싫어져서, 점점 스피카가
싫어지고, 그것보다도 훨씬 더 저 자신이 너무
너무 싫어져서,

아카네 음,

나나호 그래서 스피카가 어디 멀리 가버렸으면 좋겠
다는 생각을 항상 했었어요,

아카네 ….

나나호 그러니까, 저 때문이에요,

사이.

사이토　　그건 상관없을걸?

아카네　　응, 맞아, 상관없어!

메구　　　아무 상관없어!

샤인　　　상관없어! 상관없어!

나나호　　네?

메구　　　생각이 너무 많네!

샤인　　　맞아!

아카네　　그런 고민 했던 거랑 스피카가 이사 가는 건 아무 상관없어,

메구　　　맞아, 혼자 그런 생각하지 마,

사이토　　스피카는 상관없어, 스피카가 없어져도 상관없어, 그런 식으로 생각하는 한 너는 절대 변하지 않을 거거든,

아카네　　야,

메구　　　알지도 못하면서 왜 그런 말을 해?

사이토　　모르고 하는 말 아니야, 나도 똑같아서 그래,

메구　　　….

사이토　　이건 네 문제야,

나나호　　…네,

아카네　　맞아, 어쩌면 스피카도 스피카 나름대로 고민

	이 있었을 수도 있어,
나나호	네?
아카네	아니면 이렇게 아무 말도 없이 진행했겠어?
메구	맞아, 스피카도 좀 그런 고민이 있었을 거야,
아카네	좀 그런 고민이 뭐야?
메구	그건 나도 모르지,

★★

32

~

마나, 카논, 코코, 음악실로 들어온다.

마나	아-무 데도 없어요.
아카네	어서 와.
마나	너무 더워서 더는 못 찾겠어요,
아카네	아아, 고생했지, 이제 그만하자,
카논	어? 이제 포기하는 거예요?

아카네　응, 계속 찾아다닐 수는 없으니까,

카논　아아, 그럼 저희 어떡해요?

아카네　우리끼리라도 공연 올렸으면 하는데, 괜찮을까?

마나　당연하죠, 당연히 그러는 줄 알았는데요?

카논　공연 안 하는 거예요?

아카네　아니야, 할 거야,

카논　다행이다,

아카네　그런데 스피카가 빠지니까 한 명이 부족하잖아,

마나　아아,

아카네　그래서, 스피카 역할을 히카리가 하면 어떨까 해서,

마+카　힉!

아카네　부탁해 보려고 하는데, 어때?

나나호　아, 네,

코코　좋은 거 같아요,

메구　그런데, 어떻게 부탁하지?

마나　해줄까요?

메구　뇌물 줄까?

코코   아이스크림!

마나   좋다!

카논   제가 사 올까요?

아카네   그런데, 무슨 맛을 좋아할까?

코코   누구나 다 좋아하는 바닐라 어때요?!

메구   난 바닐라 싫어!

코코   왜요?!

카논   초코는 어떨까요?

샤인   잠깐만! 누구나 좋아하는 건 쌀 아니야?

코코   그럼 쌀맛 아이스크림 사요?

샤인   아니, 메구네 쌀 좋잖아!

코코   오오!

사이토   잠깐만,

아카네   응?

사이토   그냥 차근차근 말하는 게 좋지 않겠어?

아카네   차근차근 어떻게?

사이토   뇌물 같은 거 말고, 솔직히 진심을 담아서 부
         탁하는 게 좋을 것 같아.

모두   아아,

아카네   하긴, 맞아.

메구   어떻게 하면 되지?

아카네   그러면, 내가 시-작, 할 테니까,

샤인   단체로, "우리 공연, 같이 해주세요."

아카네   좋다,

코코   허리도 숙여요?

마나   그러는 게 좋지 않을까?

아카네   아아, 어떡해, 어떡해,

마나   어?

메구   쉿!

★★
33

히카리, 음악실로 들어온다.

코코   아!

히카리   ?

카논   쉿,

코코   어, 아,

아카네 외, 부탁할 준비를 하느라 아카네 뒤로 가서 수군
수군 의논 중이다.

아카네   아, 어디 갔었어?

히카리   아, 음, 화장실에 갔다가, 길을 좀 헤매서,

코코   조심하세요,

히카리   아, 네,

아카네   (작은 목소리로) 그럼, 내가 신호할게,

마나   네!

메구   소리 줄여!

히카리   ?

아카네   …시-작!

모두   우리랑 같이 공연해 주세요!

히카리   네?

아카네   축제 때, 우리 공연에 출연해 주면 안 될까?

히카리   …제가요?

아카네   응, 스피카 역할을 해 줬으면 좋겠는데, 부탁
해도 될까?

히카리   ….

아카네   안 될까?

히카리　　…저,

아카네　　응.

히카리　　제가, 실은….

아카네　　응,

히카리　　…몸이 약해서,

아카네　　아, 그렇구나, 춤 같은 건 어려울까?

히카리　　춤이요?

메구　　댄스가 가미된 공연이거든,

히카리　　…네,

아카네　　어려울까?

히카리　　…제가 좀, 약해서요, 아마 생각하시는 것보다
　　　　　　휠씬,

아카네　　응,

히카리　　…그래도 괜찮으시면, 하고, 싶어요,

아카네　　진짜?!

히카리　　네,

아카네　　고마워!

메구　　다행이다!

모두, 기뻐한다.

아카네	고마워! 고마워! 잘 부탁해! 우리 잘해보자!
히카리	…네,
메구	모르는 거 있으면 다 물어봐, 내가 다 알려줄게,
히카리	네,
아카네	좋아, 그럼, 히카리한테 우리 공연이 어떤 느낌인지 보여주자!
메구	그러자, 그러자!
아카네	다들 준비하자,
마+카	네!
메구	스피카 부분은 어떡하지?
코코	저요! 저요!
아카네	음, 그러면, 일단 내가 할까?
샤인	가능해?
아카네	대본 보고 하면,
메구	오케이,
히카리	아, 스피카는?
아카네	어? 스피카?
히카리	없어요?
아카네	어?

히카리	?
아카니	혹시, 만났어?
히카리	네,
모두	와! / 세상에!
아카네	어, 언제?
히카리	조금 전에,
모두	조금 전!
메구	어디서? 어디서?
히카리	여기서요,
모두	와! / 세상에!
아카네	그럼, 여기 있다는 말이야?
메구	이게 어떻게 된 거야?!
아카네	잠깐, 우리 다시 찾아보자!
히카리	저기요,
아카네	응?
히카리	저도 찾아볼게요.
아카네	고마워,
메구	우리 다시 흩어져서 찾아보자!
마나	네!

모두, 나간다.

★★
34
〜

텅 빈 교실.
스피카, 로커에서 나온다.

스피카　　….

음악실을 나가려다가, 멈춰 선다.

스피카　　….

악기 근처로 가서, 크게 두드린다. (또는 연주해서 크게
소리를 낸다)

스피카　　…저 여기 있어요! 저! 여기! 있어요!

스피카, 악기를 두드리며, 계속 소리를 지른다.

35

모두, 돌아온다.

모두　　？

스피카　　아.

모두　　…스피카!! / 스피카 언니!!

스피카　　안녕하세요.

모두　　(웅성거린다)

메구　　안녕 못 하지!

아카네　　너 어디 있었어?!

스피카　　(로커를 가리키며) 저기요.

모두　　와! / 세상에!

카논　　언제부터요? 언제부터 있었어요?

스피카　　쭉,

카논　　쭉?

스피카　　응, 카논이랑 샤인 선배가,

카+샤　　으아아아!

사이토　　아, 그럼, 내가,

아카네　　우리 얘기도 들은 거야?

마나   아! 나도 그때,
스피카   네, 다들, 고민이 많으시네요,

모두, 크게 웅성거린다.

아카네   우리가 얼마나 찾았는데,
스피카   죄송해요,
아카네   아니, 사과하라는 게 아니라!
스피카   아뇨, 정말로, 너무 죄송해요,

스피카, 허리 숙여 사과한다.

아카네   ?
스피카   계속 말하려고 했는데요, 그런데, 말이 안 나
          왔어요,
아카네   ….
스피카   저, 내일, 전학 가요,
아카네   화성으로?
스피카   네,
아카네   왜, 숨겼어?

스피카   …무서워서, 말이 안 나왔어요,

아카네   뭐가 무서워?

스피카   다들 저를 미워하게 될까 봐,

아카네   바보같이,

스피카   네,

나나호, 스피카에게 다가간다.

스피카   ….

나나호   (스피카의 뺨을 때린다)

모두   아!

나나호   (스피카를 꼭 안아준다)

모두   어!

나나호   …다행이야,

모두   어?!!

나나호   다신 너 못 보는 줄 알았어,

스피카   미안해,

나나호   미안해,

스피카   실은, 알고 있었어, 네 마음이 어떤지,

나나호   ….

스피카   나 별로 강하지도 않고, 잘하는 것도 없어,
나나호   미안해,
스피카   내가 더 미안해,

모두, 꼭 끌어안은 두 사람을, 놀란 눈으로 따뜻하게 바라본다.
어쩐지 자리를 비켜 줘야 할 것 같은 분위기에 음악실을 나가려는 사람도 있다.

코코   저도 안을래요! (두 사람을 끌어안는다)
메구   뭐야!
마나   나도! 나도!
모두   야!

이하, 한 명씩 끌어안으며.

아카네   그럼 나도!
메구   어?
아카네   (메구에게) 너도 와!
메구   아… 모르겠다!

마나	윽, 저 숨 막혀요!
아카네	사이토! 너도 와!
사이토	이게 뭐 하는 짓들인지,
메구	뭐해! 빨리!
마나	카논!
카논	나도?
아카네	히카리! 너도 와!
히카리	네?
샤인	그럼, 나도!
메구	너는 저리 가!
아카네	왜 그래, 샤인이도 와!
메구	그럼 넌 반대쪽 안아!

모두, 하나가 된다.

| 모두 | 어우 더워! / 너무 더워! |

모두, 흩어진다.

| 아카네 | 뭐지? 우리 뭐한 거지?! 지금 뭐 한 거야?! |

스피카   땀이 너무 나요,

아카네   우리 뭐 하려고 했었지?

메구   네가 그러면 어떡해?!

아카네   아, 공연!

스피카   빨리 시작할까요?

메구   누구 때문에 못 했는데!

스피카   죄송해요,

아카네   그럼, 히카리를 위한 공연 해보는 거다!

모두   네!

아카네   히카리, 거기 앉아서 봐줘,

히카리   아, 네.

히카리, 적당한 자리에 앉는다.

아카네   음, 우리 공연의 제목은 〈나의별〉이고, 우주
          이야기거든,

히카리   네,

메구   아까 얘기했잖아,

히카리   네,

아카네   음, 그래서, 이렇게, 우리도 언젠가는 화성에

갈 거고, 지구에서는 사람이 살지 못하게 될
거잖아? 그리고 언젠가는 다 죽을 거잖아?

히카리 네,

아카네 그 수십억 년이라는 시간, 그리고 우리의 일생
이라는 시간? 그리고 우리가 고등학교에서 보
내는 삼 년이라는 시간까지, 전부 다 시간이라
는 생각이 들더라고, 그래서 태어나서 죽기까
지의 시간을, 우리가 여기 입학해서 졸업할 때
까지의 시간에 비유해 보는 이야기야,

메구 그렇게 말하면 모르지,

히카리 아,

코코 참, 시보는요? 화성에도 시보 있어요? 삐, 삐,
삐, 삐-

히카리 아, 있어요,

코코 다행이다!

아카네 시보에 맞춰서 다 같이 연주도 하거든,

메구 됐어! 바로 보여주자!

아카네 응, 그럼, 한다-!

메구 봐, 역시 어두운 게 좋겠지?

마나 네? 뭐가요?

아카네   그 애기 또 하자고?
메구   공연 때 체육관 암전하는 게 좋지-?!
카논   아, 암전 좋네요,

모두, 위의 대화를 주고받으며 자기 위치로 간다.

아카네   그 애긴 나중에 하고! 자, 그럼, 이제 공연 시
         작한다-
히카리   (박수)

★★
36

무언가가 시작될 것 같은, 사이.

마나   아주 먼 옛날, 우리가 태어나기도 훨씬 전의
         이야기,

코코   거기엔 아무것도 없고, 암흑의 세계만이 펼쳐
         져 있었다, 아니, 세계도 없었다,

사이토   인간은 물론,

메구   어떤 생명도 존재하지 않았고,

카논   별도 없고.

샤인   빛도 없고.

아카네   바람도 없고,

나나호   하늘도 없고.

스피카   시간도 없다,

마나   하지만, 그 일이, 갑자기, 일어났다!

히카리, 예상치 못한 옛날 스타일 연극★에 살짝 겁을 먹
는다.

아카네   준비, 시-작.

★ 원작의 대사는 '앙그라 연극(언더그라운드 연극)'으로 대략 1960년
대부터 1980년대까지 인기를 끌었던 소극장 연극 운동을 가리킨다.
희곡의 문학성보다 배우의 신체성을 더 중요시하는 실험적인 스타일
을 말한다.

모두   시작은 무無! 빅뱅.

피아노로, 시보 4초를 연주한다.
이하, 모두 악기를 연주한다.

스피카와 나나호는 리듬에 맞춰 걷는다.
간간이 춤을 추며, 대사를 말한다.

이하, 음악 위에 대사가 얹어지듯 발화한다.

코+마+카+스 0년,

아+샤+메+사+나 0시,

코+마+카+나+스 0분,

아+샤+메+사+나 0초,

코코   정각을 알려드립니다,

모두   생일 축하해! 축하해! 어? 누구? 누구 생일이

야? (등등)

스피카   시간

나나호   공간

스피카　　희망

나나호　　실망

스피카　　목소리

나나호　　안 들려

스피카　　생명

스+나　　우리

모두　　　해피 버스데이 투 어스

스피카　　세계

나나호　　한계

스피카　　관계

나나호　　붕괴

스피카　　만남

나나호　　말다툼

스피카　　여행

스+나　　우리

모두　　　해피 버스데이 투 어스

스피카　　빛

나나호　　어둠

스피카　　소망

나나호　　고통

스피카　　메아리

나나호　　침묵

스피카　　마을

스＋나　　우리

모두　　　해피 버스데이 투 어스

스피카　　탄생

나나호　　도쿄

스피카　　축하해

나나호　　고마워

나나호　　탄생

스피카　　도쿄

나나호　　축하해

스피카　　고마워,

샤인　　다음은 도쿄, 도쿄, 문이 열릴 때는 조심하시
　　　　기 바랍니다.

스피카　우에노★

나나호　이케부쿠로

스피카　신주쿠

나나호　시부야

스피카　고탄다

나나호　시나가와

스피카　다마치

스+나　오카치마치

모두　　해피 버스데이 투 어스

이카네　이것이 우리의 시작입니다. 지금으로부터 야,

모두　　15년 전! / 16년 전! / 17년 전! / 18년 전!

아카네　우리는 이렇게 태어났습니다!

스+나　하얀 커튼, 천장의 얼룩, 교실 모퉁이, 수영장

★ 이하, 도쿄를 순환하는 전차 JR 야마노테선의 역 이름들이다.

냄새, 파란 하늘, 물 흐르는 소리, 노트, 교과
서, 참고서

스+나   도시락통, 쓰레기통, 필통, 통-하고 빠져버린
교실 뒷문, 에는 프린트, 스티커, 둥근 자석, 둥
글게 휘어진 학교 가는 길

음악, 약간 조용하게.
나나호와 스피카는 리듬에서 벗어나 자연스럽게 대화한
다.

스피카   안녕,
나나호   어,
스피카   나나호, 안녕!
나나호   아, 안녕,

스피카   뭐야, 잠 덜 깼어?

나나호   아니야, 깼어,

스피카   아아, 왠지 두근두근하지 않아?

나나호   어? 왜?

스피카   왜? 왜라니! 우리 이제 고등학생이잖아, 틴에

         이저, 틴에이저,

나나호   우리 원래부터 틴에이저였어,

스피카   그래도 달라지겠지, 이제 점점 변할 거야,

나나호   어차피 또 우리 둘밖에 없잖아,

스피카   그래, 그래서 좋잖아,

나나호   어어?

스피카   앞으로도 우리 매일 같이 다니자,

나나호   ….

음악, 조금 커진다.
스피카와 나나호는 리듬에 맞춰 대화한다.

스피카   너, 기억나?

나나호   기억나,

스피카   이거, 우리 입학했을 때잖아,

나나호   알아,

스피카   잊어버렸을 줄 알았어.

나나호   잊어버릴 리가 없잖아.

스피카   왜?

나나호   쭉 보고 있었으니까.

스피카   쭉 보고 있었구나.

나나호   쭉 보고 있었어,

스피카   쭉 보고 있었어?

나나호   쭉 보고 있었지.

스피카   소름,

나나호   뭐-?

스피카   돌고 돌아 24 곱하기 7,

나나호   곱하기 365 나누기 7.

스피카와 나나호는 아래의 대사를 주고받으며 리듬에
올라탄다.

스+나   일월화수목금토일, 월화수목금토일월, 화수목
         금토일월화, 수금지화목토천해명.

스+나   빙글빙글, 어질어질, 돌다 보면, 눈앞이 빙글,
매일매일 찢는 달력, 한 장을 넘겨, 돌고, 도는,
회전목마, 눈이 핑 돌아, 눈앞이 깜깜해, 눈앞
이 휘청, 눈이 떠진다, 꿈에서 깬다.

스피카와 나나호 외, 아래 대사를 리듬에 얹어 노래한다.

모두   알람 소리, 수업 종소리, 이 별에서 살아가는
우리
마음이 끌리고, 다가가고, 부딪히고, 멀어지고
우리는 마치 별처럼 반짝이다 사라질 거야
이 여름은 영원, 할 리가 없지, 역시 한순간일
뿐이야

모두   일주일, 돌고 도는 일상, 1광년, 머나먼 일상
알람 소리, 수업 종소리, 이 별에서 살아가는
우리
아직 숙제도 다 못 했는데
시간은 우리를 앞질러 가고
남겨진 우리의 두 눈에는

저 별의 빛이 어렴풋이 보여

음악, 조용해진다.
스피카와 나나호, 리듬에서 벗어나 자연스럽게 대화한
다.

스피카 안녕,

나나호 안녕,

스피카 …왜 그래?

나나호 있잖아,

스피카 뭔데?

나나호 그게, 우리도 이제, 고등학생이잖아,

스피카 응? 그게 왜?

나나호 아니, 그러니까, 이제 다 컸으니까,

스피카 뭐야, 할 말 있으면 그냥 말해,

나나호 그러니까, 이제 그만하자고,

스피카 뭘?

나나호 같이, 학교 가는 거,

스피카 …그래,

나나호 어?

스피카   그럼, 나나호, 너 먼저 가,

나나호   어,

스피카   빨리, 먼저 가,

나나호   …응,

나나호, 조금 멀어진다.

스피카   …너, 기억나?

스피카, 나나호에게서 서서히 시선을 멀리 떨어뜨리며
말한다.

스피카   이거, 우리가 처음으로 학교 따로 갔던 날이
         야,

스피카   이날부터 점점 멀어졌지?

스피카   점점, 따로따로 다녔고,

스피카   목소리도 점점 안 들리고,

스피카　　얼굴도 점점 안 보이고,

스피카　　어느 틈에, 우리, 수억 킬로나 멀어졌네,

스피카　　창문 너머는 구름 한 점 없는, 우주. 한없이 넓은 우주 속, 아득히 먼 곳에서 별들이 빛나고 있어. 우리가 태어나기 훨씬 전의 빛이 겨우 우리 눈에 닿아 사라져. 이어폰에서 흘러나오는 소리는, 언젠가 다 같이 녹음했던 공연 연습 테이프. 이걸 들으면 바로 옆에, 언니들이, 1학년 애들이, 나나호가, 내가, 거기 있는 것 같은 기분이 들어. 그런데, 그건 아주 오래전의 일이고, 나는 이제 어디에도 없고, 나는 벌써 죽었을지도 모른다는 생각이, 창밖의 어둠을 보고 있으면, 그런 생각이 들어. 나만 혼자 남겨 놓고, 시간은 점점 앞으로 가고, 다들 어른이 되고. 아카네 언니는 학교 선생님이 되고. 메구 언니는 벼농사를 짓고. 사이토 언니는 화성에 있는 대학원에 다니고. 샤인 오빠는 농협에서 메구 언니네 쌀을 팔아. 히카리는 지

구의 병원에 있고. 마나도 카논도 코코도 화성
으로 가버리고. 우리 학교는 폐교가 되고. 우
리 교실은 이제 아무도 쓰지 않고. 지구는 점
점 더워져서 아무도, 아무도 살지 않게 되고.
그런데, 그래도, 저 별에는, 나랑 나나호가 있
고, 우린 같이 학교에 가고 있어. 창문 너머는
구름 한 점 없는, 우주. 한없이 넓은 우주 속,
아득히 먼 곳에서 별들이 빛나고 있어. 그 안
에서, 나의, 나와 나나호의 별이 빛나고 있어.

나나호와 스피카를 남겨 두고, 모두 사라진다.

스+나   히안 키튼, 천장의 얼룩, 교실 모퉁이, 수영장
냄새, 파란 하늘, 물 흐르는 소리, 노트, 교과
서, 참고서.

스+나   도시락통, 쓰레기통, 필통, 통-하고 빠져버린
교실 뒷문, 에는 프린트, 스티커, 둥근 자석, 둥
글게 휘어진 학교 가는 길

스피카　잘 가,

나나호　잘 가,

스피카　잘 가,

나나호　잘 가,

스피카　잘 가.

나나호　잘 가!

스피카　잘 가!

나나호　잘 가!

스피카　잘 가!

나나호　잘 가!

스피카　잘 가!

나나호　잘 가! 잘 가! 잘 가!

스피카　몇 번을 말하는 거야,

나나호　….

스피카　또 보자, 안녕.

나나호　안녕,

스피카, 사라진다.

나나호, 스피카의 뒷모습을 본다.

나나호, 혼자 남는다.

나나호 스피카에게. 잘 지내고 있어? 새로운 별에는
잘 적응했어? 네가 떠난 뒤에도 여기는 계속
여름이야. 하늘에서 별을 보면 자꾸 너를 찾게
돼. 별에 인력이 있는 것처럼, 사람한테도 인
력이 있는 것 같아. 나는 네가 정말 싫었고, 정
말 좋았어. 아무리 멀리 떨어져 있어도, 너는
언제나 나의 별이야. 다시, 언젠가 만날 날을
기대하고 있을게. 안녕. 안녕.

★★
37

해 질 무렵. 저녁매미 소리.
나나호, 음악실 책상에서 편지를 쓰고 있다.

나나호　….

히카리, 등장한다.

히카리   저기,

나나호   어? 아, 응?

히카리   안녕.

나나호   안녕,

히카리   춤 연습 좀 해도 될까?

나나호   아, 그럼, 당연하지,

히카리, 춤추기 시작한다.

나나호   아, 그거, (틀린 부분을 알려준다)

히카리   어?

나나호   아, 같이 해볼까?

히카리   미안,

나나호   아니야, 자, 시-작,

나나호와 히카리, 같이 춤춘다.

나나호   응응, 잘하네,

히카리   고마워,

나나호   아니야,

히카리   저기,

나나호   어?

히카리   나나호,

나나호   응,

히카리   너는 왜, 여기 살아?

나나호   어?

히카리   혹시, 이유가 있나, 해서,

나나호   아아, 아니, 딱히,

히카리   ?

나나호   내가 원래 좀 느리거든, 어쩌다 보니까 꼴찌가
          된 거야.

히카리   아,

나나호   누군가는 반드시 꼴찌가 되잖아,

히카리   아아,

나나호   스피카는 내가 혼자 남겨지지 않게 하려고 있
          어 줬던 것 같아.

히카리   …편지, 쓰고 있었어?

나나호   응, 아직 출발도 안 했는데, 성격 급하지?

히카리   (작게 웃는다)

★★
38
~

코코, 음악실에 들어온다.

코코　　숙제! 숙제! 제 숙제 못 보셨어요?!

나나호　어?

히카리　아,

코코, 숙제를 놓고 갔던 듯하다.

코코　　아아! 있다! 여기 있다! 죄송해요! 여기 좀 써

　　　　도 돼요?!

나나호　아, 응, 써,

코코　　감사합니다!

코코, 책상에 매달려 숙제를 한다.

나+히　　（웃는다）

★★
39
〜

메구와 아카네, 음악실로 들어온다.

메구　　　암전으로 가야 한다니까,

아카네　　암전이 안 된다니까,

메구　　　암막 쓰면 되잖아,

아카네　　그래서 열사병 걸리면 어떡하냐고,

메구　　　아, 히카리! 너는 직접 봤지?!

아카네　　응? 뭘?

메구　　　로켓에서, 창문으로 우주 봤을 거 아냐!

히카리　　아, 네!

메구　　　깜깜했지?!

히카리　네,

메구　거 봐! 생생한 목격담!

아카네　알았어알았어,

메구　코코, 너도 암전이 좋지?

코코　죄송해요! 저한테 말 걸지 마세요!

메구　너 설마, 아직도 숙제 못 했어?

코코　할 수가 없었잖아요, 어제 갑자기 일이 터져
서.

메구　그런데 여름방학은 이제 끝났어.

코코　아니에요! 아직 여름은 끝나지 않았어요!

메구　뭐래,

코코　저 좀 도와주세요,

메구　포기해,

코코　아, 히카리 언니!

히카리　어?

코코　잠깐 뭐 하나 물어봐도 돼요?!

히카리　아, 응,

코코　저 자유 주제 탐구 숙제로 언니 인터뷰하고 싶
어요,

하키라　아, 그래, 좋아,

코코　　음, 그러면, 우선, 히카리 언니는 화성 어디에서 태어났어요?

히카리　　도카,

모두　　도카?!

히카리　　?

아카네　　이게 무슨 말이야?

메구　　화성에도, 도카가 있다고?

히카리　　네,

메구　　왜? 왜?

히카리　　아, 그게요, 도카에서 온 사람들이 전에 살던 동네 이름을 붙인 것 같아요,

코코　　와,

아카네　　그게 가능해?

메구　　그러면 마치다는? 마치다도 있어?

히카리　　있어요,

코코　　그럼, 무사시코가네이는요?

히카리　　있어,

메구　　그럼, 도가시긴자는?

히카리　　있어요,

메+코　　진짜?!

메구　　어, 그러면, 그러면,

아카네　아는 동네 이름 다 물어볼 거야?!

코코　　그런데, 이대로 가면, 언젠간 화성이 지구가

　　　　되겠네요?

아+메　…어?

코코　　그렇잖아요, 곧 있으면 여기 사람들 전부 다

　　　　이주하니까요, 화성으로,

아카네　응,

코코　　지구에 있는 지명도 화성으로 가는 거잖아요,

아카네　응,

코코　　그러면, 지금은 거기가 화성이어도, 나중엔 다

　　　　들 지구라고 부르지 않겠어요?

아+메+나+히　아!

메구　　말 되네,

히카리　그럴 수도 있겠네요,

코코　　그쵸? 그쵸?

메구　　코코가 웬일이야, 머리가 잘 돌아가네?

코코　　그쵸?!

아카네　그런데, 그러면, 그러면,

메구　　왜, 뭐?

아카네　　그러면, 어쩌면, 지금 우리가 사는 이 지구도,
　　　　　원래는 다른 별이었을 수도 있다는 거네?

사이.

모두　　웬일이야! 웬일이야! 웬일이야!

코코　　지금 저희 알아서는 안 될 비밀에 접근한 거
　　　　　같아요.

메구　　열어서는 안 되는 상자를 연 것 같은 느낌?

아카네　　진짜? 어떡해, 판도라? 내가 인류의 판도라 상
　　　　　자를 연 거야?

메구　　큰일 났다, 나 이런 거 약한데, 나 귀신이랑 이
　　　　　런 거 약한데,

아카네　　여기서 귀신이 왜 나와,

메구　　그래도 좀 무섭잖아, 좀, 뭔가,

사이토　　비켜,

메구　　으악!

40

사이토, 어느 틈에 메구의 뒤에 서 있다.

사이토   넌 왜 그렇게 목소리가 커?

메구   너는 왜 맨날 내 귀에다 대고 말해?!

사이토   내가 언제?

코코   언니, 큰일 났어요!

메구   너는 숙제나 해,

코코   인류의 판도라 상자가 열렸어요,

사이토   아 그래?

코코   어?

사이토   너는 여기 있어도 돼?

나나호   네?

사이토   배웅, 안 가?

나나호   아, 괜찮아요, 어차피 근처까지 못 가니까요,

사이토   흐음,

나나호   여기서 보는 게 더 잘 보이거든요,

아카네   하긴, 배웅하러 가봤자지,

메구   로켓에 사람들 타고 나서도 한참 있다가 뜨잖

아,

아카네　　한-참 있다가 떠,

메구　　한---참 있다가,

아카네　　보고 있음 목 빠져,

메구　　뜨려고 하면 가라고 쫓아내고, 공항까지 간 의

미가 없다니까,

히카리　　아아,

아카네　　아, 그러네, 히카리는 모르겠다,

메구　　뜨거운 바람이 확 불어,

히카리　　네,

아카네　　그 열풍이 참, 쓸쓸하지,

메구　　응,

나나호　　그래시, 여기시 배웅 하려고요,

아카네　　응, 잘 생각했어,

★★
41

마나, 음악실로 들어온다.

마나	큰일 났어요! 어떡해! 어떡해! 큰일 났어요! 큰일!
아카네	뭐야, 또-
마나	다들, 언니들, 놀라지 마세요!
메구	이번엔 뭔데?
마나	샤인 선배가.
메구	또 샤인이야!
마나	잠깐만요! 샤인 선배가, 카논한테 따귀 맞았어요.
모두	뭐어어어?!
메구	뭐야, 무슨 소리야, 이게?
아카네	왜? 왜 맞아?
마나	그게, 저도 잘 모르겠는데, 평소대로 체육관 뒷길을 훔쳐보고 있었거든요?
메구	왜?
마나	카논이 샤인 선배 얼굴을, 찰싹!
아카네	으아, 왜? 왜?
메구	성희롱한 거 아냐?
코코	그랬나 봐요!

카논, 음악실로 들어온다.

카논　　　지각해서 죄송합니다!

모두　　　으아아.

카논　　　?

아카네　　아, 아니야, 괜찮아, 전혀, 괜찮아,

카논　　　왜 그러세요? 무슨 일 있어요?

메구　　　아니야, 아무 일 없어,

카논　　　그래요? 좀, 이상한데, 마나,

마나　　　응? 뭐가? 이상한 거 없는데?

카논　　　네가 세일 이상해,

아카네　　자자! 그럼, 준비하자! 연습해야지, 연습!

카논　　　네!

사이토　　흐음, 뭐부터 할 거야?

아카네　　아, 우선은 히카리, 춤 연습하고 싶지?

히카리　　아, 네,

아카네　　그럼, 다 같이 춤부터 출까?

메구　　　오케이,

마+카+코 네!

아카네 그럼, 위치 잡아보자! 음, 히카리 옆은,

나나호 아, 제가 할게요,

아카네 고마워, 그럼, 히카리, 나나호한테 배워,

히카리 네, 잘 부탁해,

나나호 나도 잘 부탁해,

★★

43

샤인, 손으로 뺨을 감싸며 음악실 안으로 들어온다.

모두 아,

샤인 …

아카네 너, 괜찮아?

샤인 응?

아카네　　아, 아무것도 아니야, 뭐야, 왜 이렇게 늦었어?
　　　　　빨리 와!

샤인　　　응,

모두, 손을 잡고 원을 만든다.
아카네는 카세트라디오의 재생 버튼을 누른 뒤, 합류한
다.

아카네　　자! 재생 눌렀어! 바로 춤 시작이야!

마나　　　네!

모두　　　….

하지만, 라디오에서 아무 소리도 나지 않는나.

아카네　　…어?

모두　　　뭐야. / 왜 안 나와?

메구　　　왜 안 나오지?

아카네　　몰라,

마나　　　고장 난 거예요?

아카네　　아니, 고장 났을 리가 없는데,

코코	우리 지금 되게 웃겨요,
마나	UFO 기다리는 사람들 같아요,
아카네	어! 테이프가 없어!
카논	네?
아카네	누가 테이프 가져갔어? 여기 들어있던 거,
코코	저번에 녹음했던 거요?
아카네	응,
카논	쭉 저기 들어있지 않았어요?
아카네	응, 안 건드렸는데, 이상하네,
메구	테이프 없으면 연습 못 하는데,
아카네	아아, 어디 간 거야,
나나호	아!
아카네	왜?
나나호	저 복사해 놓은 거 있어요,
아카네	아아, 그럼, 일단 그거 빌려줄래?
나나호	네,
아카네	다행이다,
샤인	아, 연기 난다,
카논	이제 뜨는 거예요?
메구	아니야, 저러고 한참 있다가 떠,

마나　　이왕 하는 거 옥상 가서 춤출까요?

메구　　야, 그러다 너 진짜로 죽어,

마나　　저녁이잖아요, 괜찮아요,

메구　　안 돼, 못 해.

아카네　　자자,

아카네, 재생 버튼을 누른 뒤, 자리로 돌아온다.

모두, 손을 잡고 원을 만든다.

아카네　　우리, 춤추면서 스피카 배웅해 주는 거다-,

나나호　　네,

초반 부분의 대화가 재생된다.

모두, 장난치다가 웃었다가, 그러면서 흘러나오는 소리

를 듣는다.

메구　　왜 시작을 안 해?

아카네　　너희 때문이잖아,

잠시 후, 스피카의 목소리가 들린다.

스피카   (목소리) 늦어서 죄송합니다!

아카네   (목소리) 스피카!

메구   (목소리) 지각이야!

스피카   (목소리) 죄송합니다!

아카네   (목소리) 지금 녹음하니까, 얼른 와!

스피카   (목소리) 네,

메구   (목소리) 너 빼고 하려고 했어,

스피카   (목소리) 아아, 너무해,

메구   (목소리) 뭐가 너무해,

아카네   (목소리) 그런데 소리만 녹음할 거라, 스피카
는 별로 할 일도 없어,

스피카   (목소리) 네, 나나호, 안녕.

나나호   (목소리) 스피카,

스피카   (목소리) 미안, 저, 준비됐어요,

아카네   (목소리) 자, 그럼, 시-작!

모두, 춤추기 시작한다.

웃으며, 장난치며, 춤을 춘다.

로켓이 날아오르는 소리가 점점 가까워진다.

굉음.

서서히 하늘이 어두워진다.

암전.
끝.

나의별

1판 1쇄 찍음 2026년 4월 25일
1판 1쇄 펴냄 2026년 5월 8일

지은이 시바 유키오
옮긴이 이홍이
그래픽 Nyhavn

펴낸이 안지미
펴낸곳 (주)알마
출판등록 2006년 6월 22일 제2013-000266호
주소 04056 서울시 마포구 신촌로4길 5-13, 3층
전화 02.324.3800 판매 02.324.3232 편집
전송 02.324.1144

전자우편 alma@almabook.by-works.com
페이스북 /alma_books
인스타그램 @alma_books

ISBN 979-11-5992-480-4 04800
ISBN 979-11-5992-244-2 (세트)

이 책의 내용을 이용하려면 반드시 저작권자와 알마출판사의 동의를 받아야 합니다.

알마출판사는 다양한 장르간 협업을 통해 실험적이고 아름다운 책을 펴냅니다.
삶과 세계의 통로, 책book으로 구석구석nook을 잇겠습니다.

★